Annette G. Krupka

Golem

2 Fall um Katherina Schulz

Impressum

© 2019 Annette Gisela Krupka
Herstellung und Verlag: BoD – Books on Demand,
Norderstedt
ISBN 9783749481873

Das Buch:

Kate Schulz, ehemalige FBI Agentin, ist nach Deutschland zurückgekehrt und hat in ihrer Heimatstadt Plauen eine Detektei und Personenschutzfirma gegründet. Über mangelnde Aufträge kann sie sich nicht beklagen, was Neid bei Konkurrenten hervorruft.

Nebenbei ist sie noch immer auf der Suche nach ihren Wurzeln, denn bei ihrem ersten Besuch in Deutschland musste sie erfahren, dass ihre Mutter adoptiert wurde.

Und ein Vermisstenfall, der von der Polizei nicht als solcher gesehen wird, führte sie über den Jakobsweg nach Prag und in eine lebensgefährliche Situation.

Kapitel 1

Hatte sie ein moralisches Leben geführt?

Nein, es ging nicht um Sex vor der Ehe oder eine kleine Lügengeschichte, es ging um die wirklich zentrale Frage. Waren alle ihre Entscheidungen von moralischer Integrität gewesen, die sie getroffen hatte?

Wer war sie, dass sie diese Frage glatt bejahen konnte?

Sie hatte sich bemüht, ja, das war wohl die richtige Antwort. Sie hatte versucht, ein Leben zu führen, das ihrem eigenen Ziel, das sie sich irgendwann mit 19 oder 20 Jahren- so genau wusste sie es nicht mehr- gestellt hatte.

Moralisch zu handeln, auch in ihrem Beruf.

Ihr Leben war bisher weitgehend gleichmäßig und ruhig verlaufen, der einzige tiefe Schock war der Tod ihres Vaters gewesen, den sie nur langsam überwand, aber sonst, nein, das Leben hatte ihr nur ein freundliches Gesicht gezeigt.

Darum hatte sie es als ihre Aufgabe gesehen, etwas zurückzugeben, an jene Menschen, die nicht so viel Glück, so viel Geborgenheit wie sie erlebt hatten.

Das war der Grund, warum sie einer steilen Karriere ihren eigenen Moralanspruch vorzog und in Afrika und Indien Menschen behandelte, die sonst niemand heilen würde oder ihnen zumindest Linderung verschaffen konnte.

Sie war keine Mutter Teresa, das war nicht ihr Anspruch, völlige Entsagung, nein.

Aber schon diese Arbeit war bei vielen auf Erstaunen, sogar Ablehnung gestoßen.

Jemand wie sie, der solch eine Chance hatte als renommierte Spezialistin zu arbeiten, vergeudete seine Ressourcen nicht in den Slums dieser Welt. Und sie war schwach genug gewesen aufzugeben, sie war wieder in diesen Strudel hineingegangen, allerdings, um kurz darauf erneut auszubrechen.

Diese Pilgerreise sollte ihr die Augen öffnen für das, was ihr wirklich wichtig war.

Die Augen öffnen, wie prophetisch.

Und nun stand sie hier und sah das Skalpell, der Stahl blitzte im Licht der grellen Lampe und ihre Moral, auf die sie so stolz gewesen war, lag in Scherben vor ihren Füßen.

Jetzt ging es nicht mehr um Moral und Ethik, sondern nur noch darum, hunderte, vielleicht tausende Leben zu retten, aber alles, was sie an beruflichem Ethos hatte, zu ignorieren.

Oder aber zu sterben.

Und während sie ihren Blick nicht von dem blitzenden Gegenstand vor ihr wenden konnte, wie von einer lautlosen Verführung, öffnete sich fast lautlos eine Türe und ganz langsam fiel ein Schatten über sie. Der Schatten des Mannes, von dem nicht nur ihr Leben, sondern vielleicht sogar das Überleben der Menschheit abhing.

Kapitel 2

Kate genoss die ersten warmen Strahlen der Frühlingssonne auf der Terrasse. Die Vögel schienen sich heute besonders viel Mühe zu geben, um sie mit ihrem Gesang zu unterhalten.

Nachdem sie ihr Brötchen gegessen hatte, erhob sie sich und warf die Krümel über die Balustrade in die Rabatte und sofort stürzten sich zwei Rotkehlchen darauf und flatterten, jeder etwas im Schnabel, auf die Birke, die die ersten grünen Spitzen zeigte.

Kate stützte sich auf den Sims und ließ den Blick in den Garten gleiten. Sie hatte vorher nie einen Garten besessen und diesen hier hatte sie im vergangenen Jahr einer Firma überlassen, die zumindest die Rasenfläche gepflegt und die Hecken geschnitten hatten.

Irgendwann musste sie sich einmal gründlicher mit dem Thema Gartenplanung beschäftigen.

Seit zwei Monaten lebte sie jetzt in diesem Haus, das vorher der Frau gehört hatte, die sie 45 Jahre ihres Lebens für ihre Großmutter gehalten hatte.

Vor fast einem Jahr hatte man Clara Voigt tot in ihrem Haus aufgefunden und Kate, Special Agent beim FBI in Atlanta, war als einzige noch lebende Verwandte darüber informiert worden. Sie war daraufhin nach Deutschland geflogen, in ihre alte Heimat nach Plauen gefahren, die sie mit ihren Eltern als 15-Jährige verlassen hatte.

Nach ihrer Rückkehr in die Staaten hatte sie dort,

nein, eigentlich schon hier in Deutschland den Entschluss gefasst, aus dem FBI auszuscheiden und für immer nach Plauen zurückzukehren, eine Idee, die ihr FBI-Partner Ben „hirnrissig"- so seine Aussage fand.

Auch ihr direkter Vorgesetzter, der zwar anfangs Probleme mit einer Frau in seiner Truppe hatte, Kate dann aber sehr schätzte, hatte nichts unversucht gelassen, um sie von dem Entschluss abzubringen.

Er riet ihr schließlich zu einem Sabbatjahr, sie sollte testen, ob sie sich wirklich für ein Leben in Deutschland wieder eignete.

Ein, das musste Kate zugeben, sehr großzügiges Angebot und nach ungeheuer viel bürokratischem Aufwand war Special Agent Katherina Schulz beurlaubt.

Es war Oktober, als sie endlich ihre Übersiedlung nach Plauen vollzog.

Ihr Apartment in Atlanta hatte sie vermietet, einige Möbel aus dem Haus ihrer Eltern, dass sie nach deren Tod verkauft hatte, eingelagert und faktisch komplett dieses Haus, hier an der Plauener Peripherie von ihrer, tja, wie sollte sie sie nennen, Großmutter übernommen.

Die Möbel, die fast alle noch von deren Schwiegereltern, einem renommierten Plauener Ärzteehepaar, stammten, hatte sie unverändert so belassen, da sie für dieses Haus gemacht waren, die eingebauten Wandschränke, Alkoven und Bücherregale.

Lediglich in der Küche und den Bädern waren von ihr einige neue technische Veränderungen getroffen worden.

Kate holte tief Luft und sah auf ihre Uhr. Gleich 9.00 Uhr, es wurde Zeit aufzubrechen.

Sie hatte nach ihrer morgendlichen Joggingrunde gleich geduscht und sich frisch angezogen, sodass sie nur das Haus verlassen musste.

Gegen 10.00 Uhr würde ihre Haushalthilfe kommen und das Haus in einen tadellosen Zustand versetzen. Während Kate ihr Geschirr zusammenstellte, sah sie im Nachbargarten eine Bewegung.

Frau König, die Nachbarin, trat in den Garten und warf einen kurzen Blick herüber. Da Kate zu ihr hin schaute, neigte sie kurz den Kopf und drehte ihr dann den Rücken zu.

Kate zuckte die Schultern. Sie konnte wirklich nichts dafür, dass Frau König eine so unrühmliche Rolle beim Tod von Frau Voigt, ihrer quasi Großmutter, gespielt hatte.

Kate nahm den Schlüssel und verließ das Haus.

Bis zu ihrem Büro war es eine knappe Viertelstunde Fußweg. Sie hatte, nachdem der Umzug bewerkstelligt war, entsprechende Räume gesucht und, zu ihrem Glück, wie sie immer noch fand, direkt im schönen alten Haus über ihrer Lieblingskaffeerösterei gefunden.

Dort hatte sie ihre eigene Detektei- und Personenschutzfirma gegründet, die überraschend gut angelaufen war. Während sie die ziemlich leeren Straßen entlang ging, atmete sie die frische Frühlingsluft ein und war sich sicher, dass es eine wunderbare Idee gewesen war, diesen Schritt zu gehen.

Sie bog von der Bahnhofstraße ab und betrat das Haus, in dessen Erdgeschoss sich die Kaffeerösterei befand.

Der Besitzer stellte gerade die Dinge, die er für den ersten Kundenansturm benötigte, bereit und winkte Kate durch die Scheibe zu.

Sie würde in zwei Stunden, wie jeden Tag, wenn sie hier im Büro war, zu ihm runtergehen und einen wunderbaren Cappuccino trinken.

Dann betrat sie das Haus, ging die geschwungene Treppe mit dem polierten Holzhandlauf hinauf und öffnete die große Eingangstüre.

Im Vorraum saß Annalena „Abby" Heimat am PC und es war unschwer zu erkennen, dass die junge Frau Abby Sciuto aus Navy CIS zu ihrem Vorbild erkoren hatte.

Annalenas Mutter, Michaela Herbst, war Kates Schulfreundin und Geschäftsführerin des gleichnamigen Pflegedienstes. Ihre älteste Tochter arbeitete mit in der Firma, während Annalena nach dem Abitur noch keine rechten Ziele zwecks Studiums oder ähnlichem hatte und erst recht keine Lust, mit Mutter und Schwester im gleichen Unternehmen was auch immer zu tun.

Da sie Kate sehr mochte und keinen Hehl daraus machte, wie spannend sie deren Tätigkeit beim FBI fand, hatte Kate ihr vorgeschlagen, ein Jahr für sie im Büro zu arbeiten, quasi um Erfahrungen zu sammeln und dann vielleicht eine Studienrichtung zu finden, die ihr lag.

In den letzten zwei Monaten hatte Abby, wie sie genannt werden wollte, sich hervorragend eingearbeitet und war die beste Büromanagerin, die Kate sich wünschen konnte.

Jetzt hob sie den Kopf mit den schwarzen Zöpfen und lächelte Kate an.

„Guten Morgen, Chefin, ist das nicht ein toller Tag? Die Vögel brüllen ja förmlich von den Bäumen."

Kate schätze Abbys unbekümmert-fröhliche Art und stoppte an deren Schreibtisch.

„Japp, ich habe heute draußen gefrühstückt. Gibt's was?"

Abby schüttelte den Kopf.

„Ich habe dir alles in E-Mail-Fach gelegt. Marco wird noch eine Woche von dem Unternehmer gebucht, er steht also nicht für diesen…" Sie tippte schnell etwas ein. „Schauspieler Anders nächste Woche zur Verfügung, aber Holger hätte da eine freie Valenz, soll ich ihn kontaktieren?"

Kate nickte.

„Mach das, danke."

Sie betrat ihr eigenes Büro, fuhr ihren PC hoch, legte ihre Jacke ab und seufzte, wie jeden Tag beim Anblick der gläsernen Skulptur, die Abby angeschleppt hatte. Sie war von einem „irre angesagten Kunstdesigner", den angeblich alle Welt kannte.

Kate fand die Skulptur, hinter deren künstlerische Bedeutung sie bisher nicht gekommen war, einfach nur hässlich. Sie brachte es aber weder übers Herz es

Abby zu sagen noch diese zu entfernen.

Also seufzte sie jeden Morgen wieder darüber und versuchte, sie möglichst für den Rest des Tages zu ignorieren.

Sie las ihre E-Mails, wobei sie wieder einmal Abby Organisationstalent bewunderte, die Personenschützer, die sie beschäftigte, optimal einzuteilen und alle möglichen und unmöglichen Kundenwünsche zu berücksichtigen.

Neben der Beschattung von untreuen Ehepartnern, Suche nach eventuellen Erbtanten und vermeintlich krankfeiernden Mitarbeitern mit Nebenjob, war der Personenschutz ein Geschäftszweig, der sich am rasantesten entwickelte und Kate sehr viele Kunden bescherte.

Da ihre Personenschützer sehr gut ausgebildete Leute waren, wurde sie weiterempfohlen und immer wieder gebucht.

Sie hatte bereits zwei Neueinstellungen vorgenommen, derzeit umfasste ihr Personalpool mit ihr selbst und Abby, sieben Angestellte.

Vier Mitarbeiter Personenschutz, aber auch Detektei, sie selbst, die auch Aufträge mit übernahm, Abby, die das Büro am Laufen hielt und Steven, ein Computernerd, den Abby ihr irgendwann empfohlen hatte.

Kate erkannte sein Potential schnell, auch wenn sie bei der Zusammenarbeit einige Abstriche hinnehmen musste.

Steven war kaum vor 12.00 Uhr mittags ansprechbar, aber arbeitete dafür auch, ohne zu murren, eine

Nacht lang durch. Er bevorzugte es von zu Hause aus zu arbeiten und kam höchst ungern ins Büro und dann auch nur, nachdem Kate ihm zugesichert hatte, dass er den Raum mit niemand teilen musste. Aber er war, das gab sie gerne zu, ein Genie und so akzeptierte sie seine Marotten.

Nachdem sie ihre Mails gecheckt hatte, kam sie zu der Erkenntnis, dass sie den derzeitigen Personalpool dringend aufstocken musste.

Gerade als sie überlegte, ob sie nicht Hauptkommissar Mike Köhler bitten sollte, ihr eventuell in Frage kommende Personen zu empfehlen, hörte sie im Vorzimmer einen Tumult.

Als sie aufspringen und nachschauen wollte, wurde die Tür aufgerissen.

Zwei Männer kamen herein, wobei Letzterer Abby zur Seite stieß, die vehement versuchte, seinen Eintritt zu verhindern, was sichtlich kläglich gescheitert war.

Kate überblickte die Situation sehr schnell, die beiden Männer waren die typischen Türstehertypen, groß, bullig, dazu kahl rasiert und der Erste, der sich direkt vor Kate aufbaute, hatte ein auffälliges Tattoo, einen Kampfhund, auf den Hals tätowiert.

Sie warf Abby einen Blick zu und sagte betont ruhig: „Danke, du kannst gehen."

Unsicher sah diese ihre Chefin an, zog sich aber zurück.

Der ihr am nächsten stehenden Mann trat die Tür hinter ihr ins Schloss.

14

„Was kann ich für sie tun, meine Herren?", fragte
Kate so ruhig und professionell, dass die beiden sie
dümmlich ansahen.

Mit einer Geste deutete Kate an, dass sie auf den modernen Designersesseln Platz nehmen könnten, was
sie natürlich nicht taten.

„Ihre Namen hatte ich nicht verstanden?"

Mit einem leichten hochziehen der Augenbrauen sah
sie beide an.

„Geht dich nichts an, Schlampe", knurrte der Kampfhundtätowierte mit osteuropäischem Dialekt.

Kate zuckte kurz die Achseln.

„Gut, Mister Tom und Mister Jerry", sagte sie leichthin. „Wenn sie mir weder ihre Namen noch ihr Anliegen vortragen wollen, können sie auch gehen."

Der Kampfhundtätowierte, der jetzt in Kates Gedanken den Namen Tom trug, trat näher an sie heran.

„Hör zu, Schlampe, unser Chef will nicht, dass du
ihm in seinen Geschäften herummachst. Personenschutz, das machen wir, klar? Du kannst Detektei
machen, gut, aber kein Personenschutz, klar?"

Kate, die neben ihrem Schreibtisch stand, setzte sich
leicht auf dessen Kante und ließ das rechte Bein hin
und her schwingen. Sie schien über die Worte nachzudenken.

Als auf Toms Gesicht ein breites Grinsen erschien,
sagte sie ruhig: „Dann sagen sie bitte ihrem Chef,
wenn er etwas von mir wünscht, kann er das selbst
mit mir besprechen. Meine Büromanagerin gibt ihm
gerne einen Termin und zweitens denke ich nicht

daran, aus dem Personenschutz auszusteigen, im Gegenteil, ich denke an Expansion."

Sie stieß sich vom Schreibtisch ab und deutete auf die Tür.

„Und jetzt meine Herren, entschuldigen sie mich bitte."

Tom kam näher an sie heran.

„Hör zu du Dreckstück, wir können dir viel Ärger machen, zum Beispiel so."

Er wollte gerade mit der Faust ausholen, als ihn der Schlag einer Handkante genau an der Schläfe erwischte. Ohne einen Laut sackte er zusammen, knallte auf dem Boden auf, wo er regungslos liegen blieb.

Nach einer Schrecksekunde, die Jerry benötigte, um das Unglaubliche zu begreifen, stürmte dieser, brüllend wie ein Berserker, auf Kate zu, die sich mit einer schnellen Bewegung zur Seite drehte und ihn ins Nichts rennen ließ.

Dabei steckte sie blitzschnell den linken Fuß vor.

Jerry konnte sich nicht abbremsen und stürzte auf das Glaspodest, auf dem die Skulptur thronte.

Mit einem ohrenbetäubenden Kracher gingen Podest, Skulptur und Angreifer zu Boden, wobei erstere zerbarsten und ein wahres Feuerwerk an Glassplitter durch den Raum katapultierte.

Jerry hielt sich sein Gesicht, durch die Finger rann Blut und er brüllte wie ein Stier.

Das Gebrüll ließ auch seinen Partner wieder zu sich kommen, dieser schüttelte sich und wollte, nach einem schnellen Rundumblick, Jerry zu Hilfe kommen.

Dann griff er in die Innentasche seiner Lederjacke, als er eine freundliche weibliche Stimme vernahm.

„Das würde ich lieber bleiben lassen."

Verdutzt starrte er Kate an, die sich über ihn beugte. Selbst erstaunt über so viel Nachlässigkeit seiner Gegnerin, schoss seine rechte Hand nach oben, aber da er die andere nicht so schnell aus der Tasche ziehen konnte, wo sich ein Butterflymesser befand, kam er in eine schwierige Situation, die er, aufgrund seines Zustandes, zu spät einschätzte.

Seine Hand wurde gepackt und ihm so schnell auf den Rücken gedreht, dass er das Messer in der anderen nicht halten konnte. Ein ungeahnter Schmerz schoss durch seine Schulter, noch ein paar Millimeter und sie würde ausgekugelt werden.

Sein Brüllen mischte sich in das seines Partners, der vor lauter Blut und Splitter nichts sehen konnte und noch immer am Boden kniete.

Plötzlich war seine Hand frei. Er sprang auf, langsamer als er es wollte.

In der Tür stand ein großer, dunkelhaariger Mann, der einen, ihm nur zu gut bekannten Ausweis, in die Höhe hielt.

„Hauptkommissar Köhler. Was ist hier los?"

Tom blieb wie angewurzelt stehen, dann rieb er langsam mit seiner linken Hand die schmerzende Schulter.

Kate stand wieder am Schreibtisch und schüttelte bedauernd den Kopf. „Eine ganz unglückliche Situation."

Sie deutete auf den immer noch am Boden Hocken-
den.

„Mister Tom ist so unglücklich über ein Kabel gestolpert, dass er in die Skulptur gefallen und sich verletzt
hat. Mister Jerry, der ihm behilflich sein wollte, stürzte ebenfalls. Das ist mir so peinlich, meine Herren."
Sie schüttelte noch immer, scheinbar betrübt, den
Kopf.

„Ich hoffe, es sind keine ernstlichen Verletzungen?"
Jerry hatte Tom auf die Beine gezogen, wobei er Kate
einen hasserfüllten Blick zu warf.

„Und sagen Sie bitte ihrem Chef unbedingt wie leid
mir dieser Vorfall tut, hören Sie? Und sagen sie ihm
noch, ich wäre an seinem Angebot nicht, hören sie,
definitiv nicht interessiert."
Mit einem Lächeln deutete sie zur Tür.

„Auf Wiedersehen die Herren."
Hauptkommissar Köhler zögerte seine Weile, dann
ließ er die beiden wortlos passieren.

„Mister Tom und Mister Jerry?", fragte er, als die
beiden an der entsetzt blickenden Abby nach draußen getorkelt waren, wobei sie die Tür hinter sich ins
Schloss fallen ließen.
Kate grinste.

„So haben sie sich jedenfalls angestellt, zwei Anabo-
likatypen, die auf Gorillas getrimmt sind."
Abbys Schrei ließ sie zusammenfahren. Die junge
Frau deutete auf die Scherben.

„Das war doch nicht etwa…?", stammelte sie und sah
Kate an, die sofort eine betroffene Miene aufsetzte.

„Oh ja, leider", murmelte sie und sah Abby nach, die
Schaufel und Besen holte.

„Woher kamst du denn so plötzlich?", fragte sie den
Hauptkommissar, der sich im Büro umsah.

„Ich wollte mir Kaffee holen, da sagte mir Daniel,
eben seien zwei Typen zu dir hoch, die ihm nicht
ganz koscher erschienen. Aber wie ich sehe, bist du
auch so mit ihnen fertig geworden. Karate?"

Kate nickte.

„Hm, schwarzer Gürtel, aber das ist lange her."

Sie deutete mit dem Daumen nach unten.

„Gehen wir einen Kaffee trinken? Dann kann Abby
Ordnung machen."

Auf dem Weg zur Tür flüsterte Mike Köhler. „Und
du bist dieses hässliche Ding endlich los."

Kate hatte immer noch ein breites Grinsen im Gesicht, als sie die Kaffeerösterei betraten.

Daniel kam besorgt auf sie zu.

„Was war denn da oben los? Erst das Geschrei und
dann kamen diese beiden Gorillas blutend und humpelnd hier vorbei."

Kate winkte ab.

„Nichts weiter, der eine ist unseligerweise in die
Skulptur gefallen und der andere gestolpert."

Jetzt grinste auch Daniel. „Ah…die Skulptur, scha-
de!"

Er begab sich zu seiner Maschine, um Cappuccino für
Kate zu brühen, die neben Mike auf dem alten Couch
Platz nahm.

„Sag mal, bist du wirklich nur zufällig vorbeigekommen?"

Kate nahm ihre Tasse entgegen und sah den Hauptkommissar an. Dieser zuckte leicht die Schulter.

„Ich wollte meinen Kaffeevorrat auffüllen, aber ich würde trotzdem gerne etwas mit dir besprechen."

Auch er nahm seinen Kaffee, schwarz wie immer, entgegen und setze sich so, dass er Kate ansehen konnte.

„Es geht um einen…naja, seltsamen Fall. Eine Dame kontaktiert mich ständig, weil angeblich ihrer Tochter vermisst wird. Die junge Frau ist knapp 30 Jahre, hat sich ein Sabbatjahr genommen und pilgert auf dem Jakobsweg. Sie schreibt in Abständen an ihre Mutter Postkarten, aber die ist trotzdem überzeugt, dass etwas nicht stimmt."

Kate runzelte die Stirn.

„Postkarten? Warum schreibt sie keine WhatsApp oder so?"

„Das ist das Problem, die junge Frau lehnt diese Medien ab. Also, sie hat weder ein Smartphone noch irgendwelche Profile auf Facebook oder Instagram, scheinbar old school."

Kate stieß die Luft aus.

„Das ist wirklich ungewöhnlich, andererseits, wenn es ihr mit dem Pilgern ernst ist, auch wieder nicht. Aber warum macht ihre Mutter sich jetzt Sorgen?"

Mike nippte an seinem Kaffee, dann stellte er ihn betont langsam zurück.

„Sie sagt, es ist das Gefühl einer Mutter und das etwas mit dem Karten nicht stimmen würde, es wäre nicht der übliche Stil ihrer Tochter."

Kate sah ihn über den Rand ihrer Tasse hinweg an.

„Und du beschäftigst dich ernsthaft damit?", fragte sie mit einem Stirnrunzeln.

Sie konnte es sich nicht vorstellen, dass es Mike nicht gelang diese Frau, so penetrant sie auch war, irgendwie abzuwimmeln.

Sein Seufzen belehrte sie eines Besseren.

Es war gewiss die alte Geschichte, die auf der ganzen Welt zu funktionieren schien, die Dame hatte einen guten, einen sehr guten Bekannten, in den oberen Reihen der Polizeibehörde.

„Wer ist es?", fragte sie gerade heraus.

„Unser Revierleiter, sie ist seine Cousine. Seit sie verwitwet ist, ist sie sehr stark auf ihre einzige Tochter fixiert. Scheinbar hat er sich keinen anderen Rat mehr gewusst und sie an mich verwiesen."

Kate lachte auf. „Dich ihr wohl eher zum Fraß vorgeworfen, das wäre die richtige Aussage, mein Lieber. Und jetzt soll ich für dich die Kartoffeln aus dem Feuer holen?"

Sie warf ihm einen gespielt strengen Blick zu, den er seinerseits mit einem Welpenblick erwiderte, was Kate noch mehr zum Lachen brachte. Entwaffnet hob er die Hände.

„Ertappt, Special Agent, vielleicht hast du als erfahrene Ermittlerin und als Frau den besseren Draht."

Kate schüttelte den Kopf.

„Schmeichler, das ist ja wohl ganz dick aufgetragen, aber gut, ich spreche mit ihr. Im Gegensatz zu dir, kann ich Tacheles mit ihr reden, mir sitzt niemand im Nacken."

Mike gab Daniel ein Zeichen noch zwei Kaffee zu bringen.

„Wie geht eigentlich deine Ahnenforschung voran?", wechselte Mike das Thema.

Kate lehnte sich zurück, aber es war ihr anzusehen, dass das Thema sie belastete, nach wie vor.

„Omar ist gerade auf einem Pathologenkongress irgendwo in Norwegen. Er hat mir versprochen bei seiner Rückkehr seine Kontakte spielen zu lassen, er hat einen guten Bekannten, der Quellen der ehemaligen Wehrmachtsangehörigen hat. So bekommen wir vielleicht heraus, wo mein Großvater 1943 stationiert war. Manchmal glaube ich, ich will es gar nicht wissen. Ich habe das Gefühl, dass hier alte Wunden aufgerissen werden, Dinge, an denen vielleicht nicht gerührt werden sollte."

Daniel hatte ihnen den Kaffee hingestellt und sich zurückgezogen. Abwesend nickte ihm Kate zu.

Mike zog die Stirn kraus.

„Nein, ich denke, du solltest es wissen, ganz gleich was dabei herauskommt, du willst es doch auch, endlich erfahren, wer wirklich deine Großmutter war, oder?"

Kate nickte. Dann gab sie sich einen Ruck und richtete sich kerzengerade auf. Mit einem Lächeln, dass nicht ihre Augen erreichte, sagte sie betont locker:

„So und nun sage mir, wer steht hinter den beiden Typen, die heute mein Office verwüstet haben?"

Mike akzeptierte Kates Wunsch nach einem Themenwechsel.

„Ich vermute zu 99, 9 %, dass es sich bei Mister Tom und Mister Jerry um die persönlichen Gorillas von Bogdan Serwowitsch handelt, einem Zuhälter. Er hat einige Bordelle und Laufhäuser in der Stadt, viele davon sogar im höheren Preissegment, also eine ziemliche Größe im Milieu."

Kate sah ihn ungläubig an.

„Bogdan Serwowitsch, ist das ein Künstlername oder ein Klischee?"

Mike lachte leise auf.

„Nein, der Name ist echt. Er ist Serbokroate. Allerdings dachte ich bisher nicht, dass das sein Stil ist."

„Was? Bedrohung von Konkurrenten? Das ist doch tägliches Brot im Milieu."

Mike wiegte langsam den Kopf hin und her und fuhr sich durch das dichte schwarze Haar. Die grauen Strähnen an den Schläfen fand Kate einfach nur sexy, wie sie eben bemerkte.

Er war schon ein verdammt gutaussehender Kerl und dabei schien er sich dessen gar nicht so bewusst zu sein, im Gegensatz zu ihrem ehemaligen Partner Ben, der seinen sexy Charme immer und überall gnadenlos eingesetzt hatte, auch wenn er, beruflich gesehen, ein Top Agent war, war er im Privatleben ein ziemlicher Windhund.

Sie schüttelte unwillkürlich den Kopf, was Mike mit einem erstaunten Blick quittierte.

Dann sagte er: „Ja und nein, natürlich gibt es Revierkämpfe, aber trotzdem ist Serwowitsch so etwas wie der…" Er zögerte leicht. „Gentlemen unter den Zuhältern."

Kate stieß einen Laut aus, aber Mike hob die Hand. „Das kommt nicht von mir, ich halte nichts von Prostitution, aber ganz gleich, welche Meinung ich oder du dazu haben, es wird sie immer geben, solange es Bedarf gibt. Aber Serwowitsch behandelt seine Mädchen den Umständen entsprechend anständig. Sie müssen regelmäßig zum Arzt, auch habe ich noch nie etwas von Misshandlungen seinerseits gehört. Einmal hat ein Kunde auf Koks eine der Frauen übel zugerichtet. Serwowitsch hat sie persönlich in die Notaufnahme gefahren und auf seine Kosten wirklich ordentlich behandeln lassen, einschließlich Reha. Den Kerl haben sich dann seine Gorillas vorgenommen."

Kate schüttelte den Kopf.

„Mir kommen glatt die Tränen vor so viel sozialem Engagement, man sollte ihn für das Bundesverdienstkreuz vorschlagen", sagte sie sarkastisch und erhob sich.

„Also Mike, ich werde mich um die Dame kümmern, schick mir bitte mal die Daten rüber und dann dem Wohltäter Plauens einen persönlichen Besuch abstatten."

Sie gab ihm die Hand und winkte Daniel zu. Als sie hinausging, sah sie, dass Mike ihr etwas betroffen nachsah.

Scheinbar verstand er ihre Reaktion nicht. Zugegeben, das Thema Prostitution ging ihr immer an die Nieren. Sie hatte in all den Jahren beim FBI einfach zu viel gesehen, das reichte für dieses und mindestens noch zwei andere Leben.

Plötzlich kam sie sich etwas ungerecht vor, Mike gegenüber. Vielleicht war die Situation hier in der Provinz etwas anders als drüben in Atlanta.

Sie stoppte ihren Lauf und sah durch das große Ladenfenster, das sich bis zur Haustüre, in die sie hineinging, erstreckte. Spontan klopfte sie gegen die Scheibe.

Mike sah, wie alle anderen Gäste auch, auf, und sie lächelte ihn an und hob die Hand zum Gruß. Sie sah die Erleichterung in seinem Gesicht, als auch er die Hand hob.

Kapitel 3

Veronika Feiler war eine attraktive Mittvierzigerin mit naturblondem, hochgestecktem Haar und einer schlanken, durchtrainierten Figur.

Kate stellte fest, dass sie irgendwie dem Frauenbild des mittleren Westens entsprach. Ihr gegenüber verhielt sie sich kühl, zwar nicht gerade abweisend, aber man merkte ihr mit jedem Blick, jeder Geste an, dass sie es nicht schätzte, von einem Hauptkommissar Mike Köhler an eine Privatdetektivin verwiesen worden zu sein.

Erst als Kate im Laufe des Vorgesprächs anklingen ließ, dass sie fünfundzwanzig Jahre beim FBI gewesen war, taute die Eiskönigin, wie Kate sie im Stillen nannte merklich auf. Unter der kühlen Fassade kam eine wirklich besorgte Mutter zum Vorschein.

In Wohnzimmer, dass, wie das gesamte Haus, eher einem Ausstellungsstück für eine Wohnillustriert ähnelte, hatte Frau Feiler Ingwertee in hauchdünnen chinesischen Teetassen serviert.

Jetzt saß sie mit gefalteten Händen auf dem Sessel vor Kate und atmete tief ein und aus.

Diese hielt ein Foto von Judith Feiler in der Hand und betrachtete es. Die junge Frau ähnelte ihrer Mutter nicht, scheinbar schlug sie nach dem verstorbenen Vater.

Das Bild zeigte sie im Garten, der hinter dem Haus lag, sie trug eine weite Batikhose und ein ärmelloses Top. Die braunen Haare hatte sie ganz uneitel am

Hinterkopf zusammengesteckt.

Auf Kate wirkte sie ausgeglichen, geerdet.

Ihre Mutter hatte ihr erzählt, dass ihre Tochter ihr Medizinstudium mit Bestnoten abgeschlossen und trotz lukrativer Angebote zwei Jahre in indischen Slums und Zentralafrika gearbeitet hatte, ehe ihr Doktorvater sie an seine Augenklinik nach Leipzig holte.

„Zwei Jahre arbeitet sie bei ihm, sie ist dort anerkannt, hat alle Chancen für eine beispielhafte Karriere und was macht sie? Sie nimmt sich ein Sabbatjahr."

Kopfschüttelnd starrte Frau Feiler vor sich hin, dann hob sie den Blick und sah Kate an. „Können sie das verstehen?"

Kate versuchte es erst einmal mit einer Gegenfrage. „Ist ihre Tochter religiös?"

Mit einem eher unwilligen Laut schaute Frau Feiler auf das schlichte Holzkreuz, dass mehr dekorativ als spirituell auf dem Sideboard stand.

„Wir sind katholisch, ja, aber nie sehr streng, wenn sie wissen was ich meine, mein verstorbener Mann stammte aus Bayern. Da ist man eben katholisch. Als wir heirateten, naja, trat ich zum katholischen Glauben über. Seine Verwandten hätten keine Protestantin akzeptiert und da war es logisch, dass Judith auch getauft und gefirmt wurde."

Kate hörte geduldig zu. Eine Antwort auf ihre Frage hatte sie noch nicht erhalten, also sah sie Frau Feiler auffordernd an.

„Ja, sie hatte in den letzten Jahren so eine…gläubige Art entwickelt, darum ist sie ja auch nach Indien und Afrika gegangen und jetzt diese Sache mit dem Jakobsweg."

Sie winkte etwas ab.

„Haben sie sich deswegen gestritten?"

Kate behielt ihr Gegenüber genau im Auge. Frau Feiler senkte den Blick.

„Ja, ja, wir haben gestritten, obwohl das nicht das richtige Wort ist. Ich habe ihr Vorhaltungen gemacht und sie hat immer nur gesagt- bitte versteh das Mama, ich muss das tun-allen Vorhaltungen zum Trotz. Also habe ich es aufgegeben. Als ich sie zum Bahnhof brachte, war alles wieder in Ordnung, das müssen sie mir glauben."

Kate glaubte ihr, was nichts darüber sagte, ob ihre Tochter nicht doch von den ständigen Vorhaltungen die Nase voll hatte und einfach abgetaucht war.

Frau Feiler legte vor Kate die Ansichtskarten hin. Es waren zwei, beide in Spanien abgestempelt.

„Das waren die ganzen Nachrichten, die sie bekommen haben?"

„In den letzten Wochen, ja."

Kate richtete sich auf. „Und vorher?"

Frau Feiler zog leicht die Stirn in Falten.

„Das habe ich dem Hauptkommissar gesagt und auch meinem Cousin, mehrfach."

Sie machte eine unwillige Pause.

„Ich habe einmal die Woche mit Judith telefoniert, wie immer montags 21.00 Uhr. Das war unser festes

Ritual, immer", sagte sie, nachdrücklich das letzte *immer* betonend.

„Also hatte sie doch ein Handy?"

„Ja, so ein Pri-was weiß ich, wie das heißt."

„Prepaid?", fragte Kate nach und Frau Feiler nickte.

Gut, das war schon mal eine Spur.

„Hat ihre Tochter Freunde, einen Freund?"

Fast entrüstet schüttelte Frau Feiler den Kopf.

„Einen Freund? Nein, nein das wüsste ich, da ist nichts."

Kate dachte sich ihren Teil, unterbrach sie aber nicht. Wie oft hatte sie diesen Satz in Vernehmungen schon gehört?

„Judith ist sehr beliebt, alle mögen sie, weil sie so hilfsbereit ist."

„Aber sie wird doch eine gute Freundin haben?"

Frau Feiler schüttelte den Kopf, etwas zu schnell, fand Kate.

„Eine Schulfreundin vielleicht?", hakte Kate nach, nicht gewillt locker zu lassen.

Schließlich gab Frau Feiler nach. Erst trank sie einen Schluck Tee, setzte fast theatralisch langsam die Tasse ab und sah Kate an, da war er wieder, der Eisköniginnenblick.

„Sie hatte eine Freundin, Jasmin Weidner, sie sind zusammen zur Schule gegangen, haben Abitur gemacht und dann zusammen in Leipzig studiert, Judith Medizin und Jasmin Mathematik. Ihr zuliebe wollte Judith sogar auch Mathematik studieren, was natürlich undenkbar war. Mein Mann war auch Arzt und hat es sich so gewünscht, dass seine Tochter auch Ärztin wird."

Kate hielt es geraten, Frau Feiler hier zu unterbrechen.

„Sie sagten, sie waren befreundet- Vergangenheit?"

Ihr Gegenüber wandte sich fast im Sessel.

„Ja, Jasmin hat ihr Studium nicht abgeschlossen, sie hatte nebenher gejobbt und…"

Sie schwieg plötzlich. Kate sah auf.

„Es ist ja nichts Verwerfliches sein Studium zu finanzieren", sagte sie.

Frau Feiler fuhr geradezu hoch.

„Ja, aber nicht so, als Prostituierte." Sie spukte das Wort geradezu aus.

„Sie geht auf den Strich?", fasste es Kate zusammen.

„Naja, erst war sie bei einem Escort Service, sie wissen schon", raunte Frau Feiler. „Und jetzt arbeitet sie, meines Wissens, als Domina."

Kate hatte Mühe, die leise hingehauchten Worte zu verstehen. Mein Gott, solche Einstellungen kannte sie aus dem konservativen Atlanta zur Genüge, aber hier hatte sie etwas mehr Toleranz erwartet.

„Und Judith hat deswegen die Verbindung zu ihr abgebrochen?", fragte sie ungläubig, was ihr einen eisigen Blick einbrachte.

„Mir hat diese Freundschaft nie gefallen, Jasmin hatte immer so etwas…Gewöhnliches an sich, aber mein Mann wollte davon nichts hören und Judith bewunderte sie. Als sie ihr Studium abgebrochen hat, hat Judith ihr Vorwürfe gemacht, sie haben sich wohl gestritten und sich auch eine Zeit schon nicht gesehen. Ich kann nicht sagen, dass ich das bedaure."

Kate kam nochmals auf die Postkarten zurück, da sie sich nicht vorstellen konnte, noch etwas Effektives über diese Jasmin zu erfahren. Sicher würde sie diese Spur verfolgen, aber ohne Frau Feilers Wissen, soviel stand fest.

„Was ist ungewöhnlich an den Postkarten?", fragte sie und nahm sie zur Hand. Es waren die üblichen Urlaubskarten.

Frau Feiler beugte sich zu ihr hin und tippte mit ihren gepflegten Fingernägeln auf die Hochglanzkarten.

„Mehreres. Erstens, Judith würde nie solche Motive verschicken, das ist ihr einfach zu…flach. Sonne, Strand, was hat das mit ihrer Pilgerreise zu tun? Zweitens ist das nicht ihr Schreibstil, diese Wortverdrehungen und drittens, auf beiden Karten steht immer das Gleiche am Schluss."

Sie tippte auf die letzte Zeile.

„Und grüße mir besonders herzlich meine Jasmin, vergiss es nicht, Mutzi, hörst du?"

Kate hob den Kopf.

„Diese Jasmin?", fragte sie nach und Frau Feiler nickte.

„Ich kenne keine andere. Warum soll ich sie grüßen, wenn sie schon Jahre keinen Kontakt haben, ich kenne doch nicht mal ihre Adresse? Und dann *Mutzi*, so hat sie mich noch nie genannt, das ist genauso seltsam."

Immerhin hatte sie jetzt Kates ungeteilte Aufmerksamkeit. Sie hatte nicht mehr vor, ihr zu sagen, dass ihre Tochter erwachsen und Herr über ihre Entscheidungen sei. Hier stimmte definitiv etwas nicht, das sagte ihr ihr FBI Instinkt.

Sie fotografierte die beiden Karten ab und gab sie Frau Feiler zurück.

Spurentechnisch waren sie wertlos, alles was sie brauchte, war der Inhalt der Karten.

„Die Schrift ist zweifelsfrei von ihrer Tochter?", fragte Kate sicherheitshalber nach, obwohl sie sicher war, dass Frau Feiler ihr Bedenken bezüglich der Echtheit der Schrift bereits mitgeteilt hätte.

Nachdem diese es bejaht hatte, ließ sich Kate noch Judith Feilers Handynummer geben und versicherte Frau Feiler, sich zeitnah bei ihr zu melden.

Diese begleitete sie zur Tür. Dort sah sie Kate an.

„Sie glauben mir also, dass etwas nicht stimmt mit Judith?", fragte die Eiskönigin leise und mit der echten, tiefen Sorge einer Mutter.

Kate nickte.

„Ja, und ich werde es herausfinden was, Frau Feiler."

Sie drückte ihr zum Abschied die Hand.

Kates zweites Ziel war die Konfrontation mit Bogdan Serwowitsch. Mike hatte ihr die Adresse von seinem Büro besorgt, wenn man es denn so nennen konnte. Dieses Büro lag in einem seiner Clubs, wie er die Bordelle elegant umschrieb.

Kate wartete bis 21.00 Uhr, dann fuhr sie an die östliche Peripherie von Plauen.

Die ehemaligen großbürgerlich anmutenden Jugendstilhäuser wirkten leicht schäbig, trotz den teilweise restaurierten Fassaden.

„Villa Love", stand an einem der Häuser, inklusive leicht blinkender, roter Herzen.

Mit einem tiefen Einatmen stieg sie aus ihrem Wagen und bediente die diskrete Klingel unter einer schummrigen Lampe. Ein Fenster, das in die Tür eingelassen war, öffnete sich und ein Männergesicht erschien.

„Nur für geladene Gäste, Lady", ertönte eine tiefe Stimme, doch bevor sich das Fenster schließen konnte, sagte Kate: „Ich möchte zu ihrem Boss, Bogdan Serwowitsch und bevor sie mir sagen, er wäre nicht zu sprechen und ähnlichen Mist, sagen sie ihm, dass Kate Schulz ihn sprechen möchte, von Schulz-Security."

Das Gesicht verschwand, aber das Fenster blieb offen. Kate hörte leises Raunen, scheinbar hielt es der Türsteher für gelegen, seinen Chef über den ungewöhnlichen Besuch zu informieren, statt sie erneut abblitzen zu lassen.

Kurz darauf wurde die Tür aufgerissen, der Mann,

der einen Schritt nach draußen trat, schien ein Zwillingsbruder von Tom und Cherry zu sein. Er scannte kurz die Umgebung ab, scheinbar um sich zu vergewissern, dass Kate wirklich allein war und trat dann zur Seite, um sie einzulassen.

„Der Boss erwartet sie", murmelte er und deutete auf einen schummrigen Flur. Ohne sich noch einmal umzusehen, ging Kate voran. Plötzlich öffnete sich eine Tür.

„Bitte, treten sie ein."

Die Stimme mit einem leicht osteuropäischen Akzent klang voll und angenehm und Kate befand sich in einem Büro, das samt dem Mann, der vor ihr stand, besser in einer Bank des gehobenen Kundensegments gepasst hatte.

Bogdan Serwowitsch war schätzungsweise Anfang fünfzig. Er war nicht sehr groß, kaum über einssiebzig, aber schlank und durchtrainiert. Der Anzug von Hugo Boss saß ebenso korrekt wie die bordeauxfarbene Krawatte. Nichts erinnerte bei ihm an die schmierigen Typen mit Goldketten und protzigen Rolex Uhren, die Kate sonst aus diesem Milieu kannte. Kein Wunder, dass Mike Bogdan Serwowitsch als „Gentlemen" bezeichnet hatte.

Dieser bot Kate mit einer Geste einen Platz an einem hellen Massivholztisch an, auf dem eine Kaffeekanne samt Geschirr sowie verschiedene alkoholfreien Getränke standen. Sie setzte sich und erst jetzt fiel ihr auf, dass er ihr keinen Handschlag angeboten hatte.

„Miss Schulz, ich muss mich erst in aller Form entschuldigen im Namen meiner beiden Mitarbeiter. Scheinbar ist ihre Aussage etwas missverständlich bei ihnen angekommen."

Kate war verblüfft, dass Bogdan Serwowitsch urplötzlich zu einem akzentfreien Englisch übergegangen war.

„Herr Serwowitsch, ich habe bis zu meinem 15. Lebensjahr in dieser Stadt gelebt und auch in den Staaten haben meine Eltern mit mir Deutsch gesprochen. Ich kenne die Bedeutung von Schlampe und Dreckstück schon genau und habe es keineswegs missdeutet", antwortete sie ihm ruhig in Deutsch und ließ ihn dabei keine Sekunde dabei aus den Augen.

Mit einem leichten Schmunzeln goss er sich eine Tasse Kaffee ein und sah Kate auffordernd an, die ebenfalls nickte. Dann nahm er Platz und lehnte sich zurück.

„Dann will ich es anders formulieren. Die beiden sind über das Ziel hinausgeschossen, aber haben ihre Lektion ja bereits von ihnen erteilt bekommen."

Als sie etwas sagen wollte, hob er abwehrend die Hand.

„Ich weiß, ein bedauerlicher Unfall, ja, so ein Kabel kann tückisch sein."

Jetzt wurde aus dem Schmunzeln ein breites Grinsen und unwillkürlich musste auch Kate lächeln.

Dann wurde Serwowitsch wieder ernst.

„Ich bin froh, dass sie den Weg zu mir gefunden haben. Es ist wahr, dass ich von ihren Aktivitäten etwas beunruhigt bin und es war mein Fehler, diese beiden

Grobiane bei ihnen vorbeizuschicken, statt selbst das Gespräch mit ihnen zu suchen. Das war feige meinerseits. Ich hoffe, sie nehmen meine Entschuldigung an."

Die Aussage klang schlicht und ehrlich und unwillkürlich musste Kate ihrem Gegenüber Respekt zollen für diese Worte.

„Gut, vergessen wir es", sagte sie und nahm einen Schluck von ihrem Kaffee, der sich als überraschend gut erwies.

„Ich würde ihnen gern eine Kooperation vorschlagen", sagte er und fuhr fort, noch ehe Kate etwas erwidern konnte. Dies schien eine Stärke von ihm zu sein, stellte sie fest und nahm sich vor, auf der Hut zu bleiben.

„Ich habe nach reiflicher Überlegung festgestellt, dass wir uns die Claims teilen können, ohne dass einer von uns beiden zu Schaden kommt. Im Gegenteil, vielleicht gibt es Segmente, die sie oder ich nicht abdecken können und dann können wir uns gegenseitig Amtshilfe leisten."

Kate ließ die Worte auf sich wirken und legte schließlich ihre Fingerspitzen aneinander.

„Wie haben sie sich das vorgestellt?"

Er zuckte leicht die Schultern.

„Wie ich schon sagte, wenn sie ein Segment nicht abdecken können, rufen sie mich an, ganz unbürokratisch, nur eine Abmachung zwischen uns und umgekehrt ebenso."

„Und das ist alles?"

Kate gab sich bewusst wortkarg, was ihr Gegenüber nicht zu stören schien. Er hob die Hände und streckte ihr beide Handflächen entgegen.

„Ja, das ist alles. Solange wir keine ernsthafte Konkurrenz in dieser Stadt erhalten, glaube ich, können wir beide gut leben."

Kate sah ihn eine Weile ein.

„Herr Serwowitsch, ihr Geschäft weicht wohl ein erhebliches von dem meinen ab", sagte sie ruhig.

Er nickte gelassen.

„Ja, und ich denke, das ist auch gut so. Unsere Kooperation sollte nur an den Schnittstellen erfolgen. Und das ist der Bereich Security." Als sie ihm nicht antwortete, fuhr er fort.

„Wie ich schon sagte, sehen wir uns nicht als Konkurrenz in diesem Bereich und optimieren wir unsere Zusammenarbeit."

Kate erhob sich und sah auf ihr Gegenüber herab.

„Herr Serwowitsch, ich möchte weder jetzt noch in Zukunft mit ihnen zusammenarbeiten. Haben Sie das verstanden? Und sollten sie ihre Gorillas noch einmal auf mich hetzten, wird ihnen das leidtun. Ich bin schon mit ganz anderen Typen fertig geworden, mir machen sie keine Angst."

Sie drehte sich auf dem Absatz um und durchschritt das Zimmer in Richtung Tür.

Geschmeidig wie ein Panther war Serwowitsch aufgesprungen und stand unvermittelt neben ihr. Kate legte die Hand auf die Türklinke.

Sie war sich im Klaren darüber, dass sie in der Falle

saß, wenn Serwowitsch das wollte und er wusste das auch.

Eine Weile schien die Zeit einzufrieren, dann deutete er mit einer eleganten Geste auf die Tür.

„Wenn sie gehen möchten, bitte. Sie sind eine Frau mit Mut und Mut hat mir schon immer imponiert."

Kate öffnete die Tür und stieß fast mit einem Bodyguard zusammen, der draußen wartete.

„Begleite Miss Schulz hinaus", sagte Serwowitsch und verneigte sich kurz in Kates Richtung.

„Ich hoffe, wir sehen uns wieder."

Mit diesen Worten schloss er die Tür von innen.

Während Kate dem Bodyguard folgte, wurde sie das Gefühl nicht los, dass Serwowitsch damit Recht behalten könnte.

Kapitel 4

Der Zug fuhr pünktlich in Leipzig ein und Kate stieg
mit ihrem kleinen Koffer aus. Das letzte Mal war sie
mit knapp 14 Jahren hier gewesen, mit ihrer Schul-
klasse hatten sie das Völkerschlachtdenkmal besucht.
Der Bahnhof beeindruckte sie immer noch, auch
wenn sich viel im Inneren verändert hatte, war das
imposante Bauwerk eine Augenweide. Allerdings
hatte sie weder Zeit noch die nötige Muse sich umzu-
schauen, denn sie hatte einen Termin mit der Chefin
der Escort Agentur „Lotos".
Natürlich hatte diese keinesfalls mit ihr sprechen
wollen und es gab auch keine rechtlichen Möglichkeiten sie dazu zu bringen, über eine ihrer ehemaligen
Mitarbeiterinnen, wenn man diese so bezeichnen
wollte, Auskünfte oder gar die jetzige Adresse zu
geben.
Hauptkommissar Mike Kohler hatte es über einen
Kollegen der Sitte probiert, aber der Name Jasmin
Weidner war in Leipzig nicht bekannt. Auch über das
Einwohnermeldeamt konnte Mike nichts in Erfahrung bringen, die Frau schien faktisch ein Geist zu
sein.
So blieb nur ihre ehemalige Agenturchefin als einzi-
ger Anlaufpunkt und diese mauerte.
Nun hatte Kate genau zwei Möglichkeiten.
Sie konnte den Fall ablehnen, was ihr keine Option
schien oder einen Pakt mit dem Teufel eingehen, wie
sie es selbst theatralisch nannte, also die berühmte

Schnittstelle mit Bogdan Serwowitsch einzugehen, wobei sie sich schließlich für Letzteres entschied.

Wie immer er das auch angestellt hatte, bereits einen Tag später rief er Kate an, mit einem Termin für Madame Juliette, wie die Dame sich nannte.

Kate nahm ein Taxi und merkte, wie der Taxifahrer sie mehrmals im Rückspeigel beobachtete, nachdem sie ihm ihr Ziel, die Agentur „Lotos" genannt hatte.

Da Madame Juliette auch Herrn zu ihrem Begleitservice zählte, dachte der Fahrer gewiss, dass Kate auf ein solches Abenteuer aus war, was sie im Inneren erheiterte.

Das Haus, vor dem sie hielten, erwies sich als eine imposante Gründerzeitvilla und machte Kate klar, dass das Unternehmen sicher rentabel war, um in einem solchen Prestigeobjekt zu residieren.

Eine sehr gepflegte Sekretärin im mittleren Alter nahm Kate in Empfang und geleitete sie durch einen lichtdurchfluteten Flur mit modernen Grafiken an den Wänden zu einem Raum, der sicher das Filetstück des Hauses war.

Riesige Fenster ließen Licht auf den polierten Parkettfußboden fallen und gaben gleichzeitig einen atemberaubenden Blick in einen sehr gepflegten, parkartigen Garten frei. Der Raum selbst war für Kates Geschmack zu verkitscht möbliert, mit kleinen Tischchen, opulenten Sitzmöbeln, Porzellanfigürchen und ähnlichem.

Jetzt betrat eine große, schlanke Mittfünfzigerin den Raum und eilte mit einem unechten Lächeln auf Kate zu.

„Sie müssen Miss Schulz sein. Mein lieber Freund Bogdan hat mir gesagt, sie seien eine wirkliche FBI-Agentin? Aufregend, wirklich aufregend."

Ihre Stimme war unangenehm hoch und schrill und Kate musste sich beherrschen, um nicht bei jedem Wort zusammenzuzucken.

Madame Juliette, diesen Namen fand Kate genau wie die Umgebung to mutch, bot ihr mit großer Geste einen Platz an und setzte sich selbst nur auf die vordere Kante eines der Stühle.

„Ich suche Jasmin Weidner, soviel ich weiß, hat sie einmal für ihre Agentur gearbeitet."

Madame Juliette zog die sorgfältig gezupften Augenbrauen nach oben.

„Nun ja", sagte sie gedehnt. „Normalerweise gebe ich über keine meiner Mitarbeiter irgendwelche Auskünfte, zu deren eigenem Schutz natürlich. Sie ahnen ja nicht, wie viele Verrückte es da draußen gibt."

Kate nickte und hoffte, dass diese Frau endlich auf den Punkt kommen würde, denn sie hatte keine Lust sich sehr lange in diesen Räumen aufzuhalten.

„Aber weil mein lieber Freund Bogdan mich so sehr gebeten hat, will ich in ihrem Fall eine Ausnahme machen."

Die Dame lächelte wieder gekünzelt und Kate fragte sich, was der „gute Freund Bogdan" wohl gegen sie in der Hand hatte, um so einen Druck aufzubauen.

Madame Juliette ergriff ein Smartphone, dass mit pink- und goldfarbenem Strass aufwendig verziert war, etwas anderes hätte Kate jetzt auch wirklich enttäuscht, und tippte darauf herum.

Dabei blinzelte sie immer mehr, um, zweifellos aus Eitelkeit, keine Brille aufsetzen zu müssen. Schließlich lehnte sie sich zurück und reichte Kate mit spitzen Fingern ihr Smartphone.

„Sie ruft sie an", sagte sie und verließ den Raum.

Das Smartphone vibrierte und Kate nahm den Anruf an.

„Was wollen sie?"

Die Stimme klang angenehm dunkel, aber auch fordernd und etwas verärgert. Da schien sich jemand nicht lange mit Smalltalk aufhalten zu wollen.

Kate stellte sich vor und erklärte, dass Judith Feiler als vermisst galt. Eine Weile war Stille am anderen Ende.

„Warum kommen sie auf mich?"

Wieder eine knappe Frage. Kate erzählte von den Postkarten und dem letzten Satz. Wieder Stille.

„Wir müssen uns sehen. In welchem Hotel sind sie abgestiegen?"

Kate sagte es ihr.

„Gut, heute Abend, 19.00 Uhr in der Hotelbar."

Die Verbindung brach ab.

Kate war bereits um 18.30 Uhr in der stylistischen Hotelbar und setzte sich an einen Tisch, von dem aus sie die Türe im Blick, aber gleichzeitig auch eine Wand im Rücken hatte.

Der Barkeeper, dessen Äußeres mit der Ausstattung der Bar einhundert Prozent harmonierte, zog lediglich die rechte, exakt gezupfte Augenbraue einige Millimeter in die Höhe, als Kate ein stilles Mineralwasser orderte.

Völlig unbeeindruckt von seiner Befindlichkeit, lehnte sie sich zurück und wartete.

Zehn Minuten später kam erst ein junges Paar, das gleich an der Bar Platz nahm und die Hände nicht voneinander lassen konnte.

Pünktlich 19.00 Uhr betrat eine scheinbar hochgewachsene Frau die Bar. Allerdings sah Kate schnell, dass es die Absätze der Stilettos und die außergewöhnlich aufrechte Körperhaltung der Frau waren, die sie so groß erscheinen ließen.

Gewiss war sie nicht größer als Kate, auf deren Tisch sie jetzt zielgerichtet zusteuerte. Sie streckte ihr eine feingliedrige, unberingte Hand mit sorgfältig maniküren, farblos lackierten Nägeln entgegen.

„Jasmin", sagte sie knapp und setzte sich.

Der ihr auf den Fuß folgende Barkeeper erhielt die ebenso knapp gehaltene Bestellung. „Gin Tonic."

Erst jetzt nahm sie die große Sonnenbrille, die fast ihr Gesicht bedeckt hatte, ab und sah ihr Gegenüber mit großen, leuchtend moosgrünen Augen an.

„Was ist mit Judith?"

Kate war wider Willen beeindruckt.

Diese Frau hielt sich wirklich nicht mit langen Small-talks auf, ein Fakt, der auch ihr selbst sehr entgegen-kam.

Sie reichte ihr wortlos ihr iPhone mit den beiden fo-tografierten Postkarten, die Judiths Feilers Mutter erhalten hatte.

Schweigend lehnte sich Jasmin zurück und brachte mit einer schnellen Bewegung ihren fast hüftlangen, blondroten Haarzopf in Ordnung. Sie ließ den Bar-keeper ihren Gin Tonic servieren und nahm einen kräftigen Schluck.

„Sie waren beim FBI?", fragte sie und Kate glaubte, eine Spur Bewunderung in dieser Frage zu hören.

Diese nickte nur schweigend. Jasmin nahm noch einen Schluck aus ihrem Glas, steifte dabei mit einem Blick Kates Mineralwasser und sah sie eindringlich an.

„Judith und ich waren das, was man wirklich beste Freundinnen nennt."

Sie schüttelte stumm den Kopf.

„Ich langweile sie nicht mit Details. Jedenfalls waren wir beide mal in einem amerikanischen Spielfilm, ich kann mich bei bestem Willen nicht an den Titel erin-nern. Irgendwie es ging um ein junges Mädchen, das entführt wurde und versuchte, irgendwie eine Nach-richt nach draußen zu schmuggeln. Wie es weiter ging weiß ich auch nicht mehr. Aber uns beide, ich glaube, wir waren 16 oder 17 Jahre alt, hat das stark bewegt. Jedenfalls nahmen wir uns vor, im Falle einer

Entführung, uns so eine Nachricht zu schicken."
Sie deutete stumm auf Kates iPhone, das auf dem
Tisch lag.
Kate erzählte ihr, dass Frau Feiler auch den Stil der
Karte und die Anrede „Mutzi" infrage gestellt hatte.
Jasmin nickte.
„Das stimmt, so hätte Judith ihre Mutter nie genannt
und solch eine…flache Karte ist auch nicht ihr Stil.
Nein, da ist wirklich etwas passiert."
Mit einem intensiven Blick sah sie Kate in die Augen.
„Was werden Sie unternehmen?"
Kate zuckte, provokativ ruhig, mit den Schultern.
„Ich kann ja schwerlich bei der Polizei sagen, dass
sich zwei junge Mädchen einen solchen Code im
Falle einer eventuellen Entführung ausgemacht ha-
ben und nun, fünfzehn Jahre später, ist es so weit."
Jasmin hob die Hand und der Barkeeper servierte
unaufgefordert den zweiten Gin Tonic.
Kate ließ er einen solchen Service nicht zuteilwerden.
„Also tun sie nichts?"
Kate spürte eine leichte Aggressivität in der Stimme
ihres Gegenübers. Sie wog als Antwort nur den Kopf
leicht hin und her.
Dann sah sie Jasmin Weidner an und fragte. „Wie
sind sie eigentlich darauf gekommen für einen Escort
Service zu arbeiten?"
Sie spürte, dass die Gefragte ihr gern eine harsche
Antwort gegeben hätte, dass sie das nur wirklich
nichts angehe. Aber sie war beherrscht genug, um
das nicht zu tun.

Stattdessen nippte sie an ihrem Glas und musterte Kate. „Warum sind sie zum FBI gegangen?"

Kate zuckte etwas die Schultern. „Es hat mich interessiert und es war eine Herausforderung. Es gab sehr viele Bewerber und die Aufnahmeprüfung an die Akademie ist nicht von schlechten Eltern", sagte sie betont flapsig, ohne dabei Jasmin aus den Augen zu lassen.

„Mir ging es mit der Mathematik ähnlich. Sie hat mich interessiert und stellte eine Herausforderung dar. Aber am Ende ist das alles ein schöner Traum, wenn man die finanziellen Mittel nicht hat. Ich wollte nicht den Rest meines Lebens Kredite abzahlen, die sich während des Studiums angehäuft hatten. Ich habe keine wohlhabenden Eltern."

Sie sah Kate an, als wisse sie, dass deren Eltern zu dieser Kategorie gezählt hatten.

„Sicher hat ihnen doch Frau Feiler in epischer Breite erzählt, dass ich aus einer sogenannten Problemfamilie komme. Das war doch der Grund, warum sie die Freundschaft zwischen mir und Judith immer hintertrieben hat."

Sie schüttelte den Kopf, scheinbar um sich selbst zu disziplinieren und wieder auf das eigentliche Thema zurückzukommen.

„Ich bekam im dritten Semester ein Angebot von einem Escort Service und es schien mir annehmbar. Bei Madame Juliette geht es nicht um billigen Sex. Die Männer wollen eine gebildete, gutaussehende Begleitung zu verschiedenen Anlässen. Was sich darüber hinaus entwickelte, ist nicht Teil des Vertrages und den Beiden überlassen."

Sie sah Kate an, die weiter schweigend zuhörte. Mit einem Achselzucken sagte Jasmin. „Mir hat es Spaß gemacht, so einfach ist das und es hat mir mehr Geld eingebracht, als ein Nebenjob in einem Supermarkt oder sonst wo."

Sie lehnte sich zurück, nippte an ihrem Glas und schwieg.

Schließlich fragte Kate. „Warum haben sie ihr Studium abgebrochen?"

Jasmin stellte das Glas zurück und schaute eine Weile an Kate vorbei, als fixiere sie einen unsichtbaren Punkt an der Wand. Dann sah sie sie an.

„Ich hatte einen Kunden, der auf gewisse…Spielarten stand. Ich fand bald heraus, dass ich ein Talent dafür hatte und ich verdiente damit so viel Geld wie ich niemals, auch nicht als promovierte Mathematikerin, verdienen würde. Judith sah das anders. Als sie erfahren hat, was ich mache, war sie…entsetzt, das ist, glaube ich, das richtige Wort. Sie fand es moralisch zutiefst verwerflich. Wir haben endlos diskutiert, solange, bis es nichts mehr zu diskutieren gab. Die Fronten waren auf beiden Seiten so verhärtet, ich glaube, wir sagten Dinge, die wir heute sicher bereuen. Unsere Freundschaft ist daran zerbrochen."

Sie zuckte die Schultern. „Schließlich hat mich nichts mehr hier an der Uni gehalten."

Sie faltete die Hände und stützte ihr Kinn auf.

Dann sah sie Kate prüfend an. Scheinbar fasste sie

einen Entschluss.

„Vor zwei Jahren bin ich ausgestiegen. Ein ehemaliger...Kunde hat mir ein beträchtliches Vermögen hinterlassen. Ich habe Deutschland verlassen und lebe jetzt bei Prag."

„Also daher war sie in Deutschland nicht auffindbar", dachte Kate.

Jasmin nahm wieder ihre gerade Körperhaltung ein.

„Ich habe genügend Geld, um sie bezahlen zu können, also finden sie Judith."

Kate lächelte.

„Und ich hätte genügend Geld, um diesen Auftrag abzulehnen", sagte sie ruhig.

Ihr Gegenüber nickte.

„Touché", sagte sie und hob wieder die Hand, wobei der Barkeeper heraneilte.

„Und für die Dame ebenfalls noch ein Mineralwasser", forderte sie, worauf sich dieser beeilte dem nachzukommen.

„Okay", sagte Kate. „Ich werde nach Judith Feiler suchen, auch wenn diese Postkarten derzeit die einzige brauchbare Spur sind. Sie hat noch einmal mit ihrer Mutter telefoniert, sie sagte auch, wo sie war. Wenn wir annehmen, dass sie noch drei, vier Tage gepilgert ist bevor sie, aus welchen Gründen auch immer, verschwunden ist, engt das doch den Radius ein."

Jasmin nickte.

„Werden sie hinfliegen? Nach Spanien?"

Kate lehnte sich zurück. Bisher hatte sie noch nicht

wirklich über ihre nächsten Schritte nachgedacht,
aber das war wohl die logische Konsequenz.

Sie musste einige der infrage kommenden Pilgerherbergen aufsuchen, vielleicht konnte sich jemand an
Judith Feiler erinnern.

„Ja, das werde ich."

Jasmin lehnte sich zurück.

„Gut, ich werde sie begleiten", sagte sie in einem
Ton, der keine Ablehnung zuzulassen schien.

Kapitel 5

So sehr sich Kate auch Anfangs gesperrt hatte, Jasmin Weidner aktiv an der Suche nach Judith Feiler zu beteiligen, wurde sie spätestens beim Eintreffen in Spanien eines Besseren belehrt.

Kates Spanischkenntnisse bezogen sich meist auf die enge Zusammenarbeit mit spanisch sprechenden Kollegen innerhalb des FBI.

Jasmin Weidner sprach Spanisch nahezu fließend, was, wie es Kate später betonte, vieles vereinfachte.

Aufgrund ihrer Recherchen war bekannt, dass Judith Feiler den *Camino del norte* gewählt hatte, jener Pilgerweg, der entlang des Atlantiks führte und ungefähr 800 km umfasste. Aufgebrochen war sie vor nunmehr zwei Monaten in Bilbao und es wäre zu erwarten gewesen, dass sie innerhalb zehn Tagen Santiago de Compostela erreicht hätte, eher noch etwas früher.

Glücklicherweise hatte Judith immer montags mit ihrer Mutter telefoniert. So konnte sowohl das Zeitfenster als auch die Strecke etwas eingegrenzt werden.

Am Flughafen in Bilbao, so die Recherche von Kates Computerspezialist Steven, war Judith Feiler an einem Mittwoch angekommen und hatte in der dortigen Herberge eine Nacht verbracht. Dann war sie, soweit sich dies nachvollziehen ließ, am nächsten Tag, also am Donnerstag, aufgebrochen.

Am Montag hatte sie ihrer Mutter gegenüber er-

wähnt, jetzt in Luarca zu sein, wo sie von dem male-
rischen Fischerhafen schwärmte und dem herrlichen
Fisch, den sie hier zu Abend gegessen hatte.

Hier also setzte Kates Suche an.

Sie und Jasmin waren sich einig, mehr Informationen
zu erhalten, wenn sie selbst als Pilger auftraten, die
auf der Suche nach einer Freundin waren, die ebenfalls hier gepilgert war.

Daher flogen sie bis Bilbao und fuhren dann mit di-
versen Autobussen bis nach Luarca, wobei sich Jasmins Spanisch hier als brauchbar erwies, da viele der
Einheimischen, ganz gleich welchen Alters, weder
englisch noch gar deutsch, zu verstehen schienen.

Genau wie Judith Wochen vorher verbrachten sie
einen Abend am Hafen bei Fisch und, zumindest für
Jasmin, einem Glas kühlen Weißwein.

„Morgen früh brechen wir zeitig auf", mahnte Kate
mit einem Blick auf Jasmins drittes Glas Wein.

Diese winkte nur lächelnd ab.

„Und wenn ich noch eine Flasche leere, ich bin morgen früh fit", sagte sie leichthin und schob den leeren
Teller von sich. „Der Fisch, einfach unbeschreiblich
gut", murmelte sie und lehnte sich zurück.

Ihre Füße steckten nicht, wie sonst, in High Heels,
sondern in praktischen, sehr hochwertig aussehen-
den, Wanderschuhen, ähnlich wie sie auch Kate trug.
Beide trugen sie knielange Cargohosen und bequeme
Shirts.

Nachdem Kate bereits das zweite Mal auf die Uhr
geschaut hatte, winkte Jasmin mit einem Seufzer die

51

Kellnerin und zahlte.

Das letzte Mal würde sie heute in einem Hotel in zwei Einzelzimmern nächtigen. Danach gab es dann nur noch Stockbetten in Pilgerherbergen.

In der örtlichen Pilgerherberge hatten sie dem Herbergsvater Judiths Bild gezeigt, der sich auch an die junge Frau erinnerte und genau sagen konnte, dass sie gesund und munter an jenem Dienstagmorgen aufgebrochen war.

Ihm hatte sie gesagt, bis nach Praia das Catedrais zu wollen, um sich dort erneut ein Ziel für die Nacht zu suchen.

Nachdem Kate sich geduscht und in ihr Bett gelegt hatte, durchdachte sie nochmals alles Bisherige.

Alles Mögliche, wie ein Unfall oder ähnliches, konnte ausgeschlossen werden, denn es existierten ja jene mysteriösen Postkarten mit eindeutig Judiths Schrift und laut Jasmin der versteckten Botschaft an sie, dass man sie entführt hatte. Aber wo und vor allen Dingen, warum?

Es war nie eine Geldforderung bei ihrer Mutter eingegangen und auch ihre eigenen Konten waren, laut Steven, bislang unberührt, ja, seit ihrem Verschwinden gab es gar keine Abhebungen, gleich welcher Art.

Einen Sexualstraftäter schloss Kate zwar nicht aus, aber die Sache mit den Postkarten passte so gar nicht in dieses Täterprofil.

Warum sich damit in Gefahr begeben? Es wäre doch ein leichtes gewesen, die junge Frau einfach so verschwinden zu lassen.

Alles lief eher auf eine persönlich motivierte Sache hinaus. Ein enttäuschter Freund, den es, laut ihrer Mutter, nicht gab und auch Jasmin bestätigte das. Hätte Judith eine Beziehung gehabt, hätte sie ihrer Mutter davon erzählt, ganz gleich, ob diese die Beziehung toleriert hätte oder nicht.

„Es war einfach ihre ehrliche Art, auch unbequeme Dinge anzusprechen. Sie hasste Heimlichkeiten und Ausreden", hatte Jasmin ihr gesagt und Kate hatte keinen Grund an dieser Aussage zu zweifeln.

Das Bild, was sie sich bisher von der jungen Frau gemacht hatte, schien das zu bestätigen.

Trotzdem oder gerade deshalb, irgendwie sah Kate keinen richtigen Anfang, keinen roten Faden.

Vielleicht würden sie in den nächsten Tagen eine Antwort finden.

„Wanderer, deine Spuren sind der Weg, und sonst nichts, Wanderer, es gibt keinen Weg, der Weg entsteht im Gehen. Im Gehen entsteht der Weg, und wenn man der Blick zurückwirft, sieht man den Pfad, den man nie wieder betreten wird", deklamierte Jasmin, als sie bei Sonnenaufgang Luarca hinter sich ließen und mit geschulterten Rucksäcken, inklusive Isomatten, gen Westen wanderten.

Als Kate sie erstaunt ansah, zuckte sie die Schultern. „Mir war einfach so. Also, das ist nicht etwas von mir, sondern von Antonio Machado, aber ich denke, es passt, oder?"

Kate war wieder einmal kurz sprachlos. Jasmin hatte es in den letzten Tagen wiederholt fertiggebracht, sie einfach nur in Erstaunen zu versetzen.

Waren es einmal ihre vielfältigen Sprachkenntnisse, sie sprach außer Spanisch auch Französisch, Italienisch und Englisch und dann auch ihre Kenntnisse in Architektur, Kunst und Literatur, sowie ihre außergewöhnliche Kombinationsgabe.

Kate gab freimütig zu, dass sie die junge Frau gründlich unterschätzt hatte.

Außerdem erwies sich Jasmin als durchaus akzeptable Reisebegleiterin, die charmant zu plaudern verstand, aber auch schweigen konnte, eine Fähigkeit, die Kate sehr zu schätzen wusste.

Der heutige Morgen war kühl und erfrischend und ihnen begegneten nur wenige Pilger. Man grüßte sich, warf sich ein paar Worte zu und lief zügig weiter.

Zur Mittagsrast gingen sie in die nächste Pilgerstätte am Weg und fragten nach Judith, diesmal ohne Erfolg.

„Also wissen wir nicht, ob sie bis hier her gekommen ist oder nicht", resümierte Kate, als sie nach einer kurzen Rast weiterliefen.

Es wurde jetzt zusehends wärmer und bei einer Steigung merkte sie, dass Jasmin Mühe hatte, mit ihr Schritt zu halten.

„Du bist ja echt in Topform", sagte diese atemlos, als sie auf dem Berg ankam, wo Kate schon ihren Rucksack abgenommen und etwas getrunken hatte.

„Ich jogge jeden Tag, wenn es irgendwie geht."

Jasmin ließ sich zu Boden fallen und stöhnte.

„Das sollte ich wohl auch."

Kate reichte ihr die Wasserflasche.

„Wir schaffen es noch bis nach Costa Verde, dann kannst du dich ausruhen, es ist nicht mehr weit."

Sie hatte mit Protest gerechnet, aber Jasmin nickte nur stumm.

Am Nachmittag, als sie in einer Pilgerherberge in der Hafenstadt Rast machten, sah Kate den Grund für Jasmins Erschöpfung. Ihre beiden Füße waren mit zahlreichen Blasen versehen.

Humpelnd ging diese zur Dusche und begann anschließend, Pflaster auf die Blasen zu verteilen.

Mitfühlend sah Kate zu.

„So kannst du morgen nicht weiterlaufen", sagte sie, erntete aber nur einen ablehnenden Blick.

„Ich muss und ich werde", antwortete Jasmin bestimmt und ließ sich auf das Stockbett fallen, was man ihnen zugeteilt hatte. Kate hatte da so ihren Zweifel, sagte aber erst einmal nichts.

Während Jasmin, die Augen geschlossen, sich dem Brennen ihrer Füße hingab, versuchte Kate etwas über Judith in Erfahrung zu bringen. Allerdings war ihr Vorhaben bis zum Abend nicht von Erfolg gekrönt.

Mit etwas Brot, Käse, Obst und einer Flasche Wein kehrte sie in die Herberge zurück.

Dort fand sie Jasmin, auf dem Bett sitzend und in dem Pilgerführer blätternd, vor.

„Ambrosia", rief sie aus, als sie die Weinflasche entdeckte und entkorkte sie gleich.

„Dachte ich es mir."

Kate lachte und hielt ihr das Brot hin, von dem sie sich ein Stück abgerissen hatte. Jasmin deutete auf den Pilgerführer.

„Judith wollte ja bis nach Praia das Catedrais, dem Strand der Kathedralen. Wenn sie bis dahin gekommen ist, ist sie mit Sicherheit mindestens einen Tag dortgeblieben, diesen Ritt kann auch sie nicht so einfach kompensiert haben."

Kate nickte. „Gut, pilgern hin und pilgern her, ich versorge uns morgen früh irgendwo eine Mitfahrgelegenheit bis dorthin."

Jasmin sah sie zweifelnd an. „Mit deinen Spanischkenntnissen?"

Kate zuckte die Schultern. „Quisiera un coche alquilar", sagte sie, betont leichthin, was Jasmin zum

Lachen brachte.

„Na, ob du hier ein coche zu mieten bekommst?"

Kate lächelte. „Das, meine Liebe, lass mal meine Sorge sein."

Und wirklich, am nächsten Morgen hatte Kate nicht nur ein Auto, sondern sogar noch einen Fahrer dazu organisiert.

Der Olivenhändler Antonio hatte sich, nachdem sein Neffe es ihm übersetzt hatte, spontan bereit erklärt, die beiden Frauen mitzunehmen.

Kate verschwieg Jasmin, dass der geschäftstüchtige 13-jährige Neffe Antonios recht passabel englisch sprach und daher die Verhandlungen geführt hatte, für die er auch noch 100,00 € kassierte, sozusagen als Dolmetscherhonorar.

Galant half der weißhaarige Antonio den beiden Frauen, von denen eine stark humpelte, auf seinen kleinen, offenen LKW, wo sie es sich zwischen Korbflaschen mit Olivenöl bequem machten.

„Ich setze euch in Reichweite der Pilgerherberge ab, wo euch keiner sieht, dann bekommt ihr euren Stempel", sagte er, onkelhaft zwinkernd, zu den beiden und klappte die Seitenteile nach oben.

Scheinbar hielt er eine kleine Schummelei bei Pilgern für durchaus vertretbar.

Der angenehme, kühle Fahrtwind zerzauste Kates Haar, während Jasmin das ihre, wie auf der gesamten Reise, zu einem festen Zopf geflochten hatte, aus dem sich nur einige wenige kecke Strähnen zu entwinden drohten.

Die knapp 30 km lange Strecke legte Antonios betagtes Gefährt in zwei Stunden zurück und unter herzlichen Umarmungen verabschiedeten sie sich mitten in der historischen Altstadt von ihrem netten Chauffeur.

„230 km bis nach Santiago de Compostela", sagte Kate und deutete auf ein Schild mit dem typischen Pilgerzeichen.

Jasmin seufzte nur als Antwort und Kate sah, dass ihr die wenigen Meter auf dem Pflaster der hübschen Altstadt sicher Höllenqualen bereiteten.

Sie hatten Glück und es war noch genügend Platz in der Herberge. Die Herbergsmutter, eine typisch spanische Mama, empfing sie herzlich und zeigte ihnen ihr Zimmer.

Zweifelnd betrachtete sie die Fotografie von Judith und schüttelte das mit einem Kopftuch bedeckte Haupt.

Während Kate ihren Rucksack auspackte, setzte sich Jasmin auf den einzigen Stuhl in dem mit sechs Betten ausgestatteten Raum.

„Kate, ich kann so nicht mehr weiter und bin dir nur ein Hindernis, allein bist du besser dran", sagte sie, nachdem sie die Schuhe ausgezogen und ihre Füße von sich gestreckt hatte. Trotzdem sie heute nahezu nicht gelaufen waren, sah man, dass sie Pflaster durchgeblutet waren.

Kate setzte sich auf das Bett Jasmin gegenüber und schüttelte den Kopf.

„Ich denke inzwischen, dass die ganze Idee hirnrissig

war. Wie sollen wir hier eine Spur finden?"

Jasmin zuckte die Schultern. „Und die Alternative? Nichts tun?"

Seufzend erhob sich Kate. „Ich habe gelesen, dass etwas weiter in der Altstadt noch eine Pilgerherberge ist. Ich werde es dort noch einmal versuchen."

Jasmin kramte aus ihrem Rucksack ein paar Flipflops hervor und fuhr hinein.

„Ich komme mit", sagte sie und Kate hielt es angeraten, nicht zu intervenieren, zumal sie auf deren Spanischkenntnisse angewiesen war.

Bewusst verlangsamte sie ihre Schritte auf den unebenen Pflastersteinen, um zu vermeiden, dass sich Jasmin zu ihren Blasen noch den Knöchel verstauchte. Glücklicherweise war es nicht weit und das kleine, aber sehr gepflegte Gebäude mit der Aufschrift >Hostal aleman<ließ sie sich erstaunt anschauen.

In einem großen Raum standen mehrere lange Tische, sowie einige kleinere, die gerade mit Tellern und Tassen bestückt wurden und eine junge, braunhaarige Frau kam ihnen mit einem fröhlichen „Buenos dias", entgegen.

„Guten Tag", sagte Kate, bewusst auf Deutsch und das Lächeln der jungen Frau wurde noch breiter.

„Ah, ihr seid Deutsche? Dann willkommen. Oje", sagte sie mit einem Blick auf Jasmins Füße.

Sie deutete auf eine der Bänke. „Setzt euch doch, wo ist euer Gepäck?"

Kate sagte ihr, dass sie die erste Herberge am Stadteingang genommen hatten, weil sie nicht wussten, dass sie hier auch noch einen Platz finden würden.

Die junge Frau reichte ihnen die Hand.

„Ines Herradz, meinen Eltern gehört die Herberge. Donna Clara wird nicht böse sein, wenn ihr bei uns bleibt. Wenn ihr wollt, schicke ich meinen Bruder hoch und lass euer Gepäck holen."

Sie deutete dabei auf Jasmins Füße.

„Ist ja praktisch ein Notfall. Meine Mutter ist Krankenschwester, sie nimmt sich der Sache sicher an."

Jasmin nickte. „Das wäre toll."

Kate zog das Bild von Judith aus ihrer Tasche.

„Wir suchen eine Freundin", sagte sie und die junge Frau nahm ihr das Bild ab.

„Ja, sie war hier, wartet…" Sie zog ihre Stirn etwas in Falten. „Ja, es war am Donnerstag, vor genau zwei Monaten."

Als Kate sie zweifelnd ansah, ergänzte sie.

„Ich erinnere mich so gut daran, weil an diesem Tag Benito Caraza hier eintraf, er pilgert regelmäßig auf dem Camino und das er bei uns Rast machte, war eine große, große Ehre."

Als Kate sie ratlos ansah, ergänzte Jasmin. „Er ist einer der bekanntesten spanischen Operntenöre."

„Natürlich", sagte Kate so trocken, dass die beiden jungen Frauen lachten.

Schließlich fragte sie: „War sie allein?"

Wieder runzelte Ines die Stirn. Schließlich war es eine Leistung, sich nach zwei Monaten an jemand zu erinnern, bei diesem Betrieb hier.

„Also, ich glaube, sie kam allein. Aber dann kam ein

Mann, der sich an ihren Tisch setzte."

Sie deutete auf einen Vier-Personen-Tisch, der an einer Säule stand.

„Einfach so?"

Kate fragte bewusst knapp, um die aufsteigenden Erinnerungen bei Ines nicht zu stören.

Diese schüttelte langsam den Kopf.

„Nein, ich hatte das Gefühl sie kennen sich. Sie haben lange geredet, den ganzen Abend. Ich war so mit unserem prominenten Besucher beschäftigt, dass ich kaum auf sie achtete", sagte sie in einem bedauernden Tonfall, aber Kate winkte ab.

„Wie wirkte er auf sie?", fragte sie stattdessen.

Die Antwort erfolgte prompt.

„Er war kein Pilger. Er war einfach, sportlich gekleidet, aber er trug ziemlich einfache Tuchschuhe und er hatte kein Gepäck, so pilgert man nicht. Sicher hatte er irgendwo sein Auto stehen."

Kate atmete tief durch und sah erst Jasmin, dann Ines an. „Würden sie es sich zutrauen, der Polizei zu helfen ein Phantombild anzufertigen?"

Die junge Frau lächelte.

„Ich denke nicht, dass das nötig ist", sagte sie und zog ihr Smartphone aus der Hosentasche.

„Ich habe ein Bild von ihm."

Kate und Jasmin sahen sich wortlos an, ehe Kate das Smartphone der jungen Frau ergriff und das Bild ansah. Im Vordergrund stand Ines. Sie strahlte, weil ein gutaussehender Mann mittleren Alters den Arm um sie gelegt hatte, sicher der erwähnte Benito Caraza, auch er lächelte, aber es war ein eher professionelles Lächeln, als wisse er, was von ihm erwartet wurde.

Im Hintergrund stand jener Vier-Personen- Tisch.

Auf der einen Seite saß, gut erkennbar im Profil, Judith Feiler.

Sie hatte den Kopf leicht in ihre rechte Hand gestützt und schien konzentriert zuzuhören, was ihr Gegenüber erzählte.

Ihr Gesprächspartner war ein Mann in den Dreißigern, mit schütterem, sehr hellem Haar. Er trug eine randlose Brille in seinem auffallend schmalen Gesicht. Seine schlanke, eher schlaksige Gestalt war nach vorn gebeugt und er fuhr mit seinen Händen durch die Luft, als versuche er Judith etwas sehr plastisch zu erklären.

Er war ein Mann, so stellte Kate fest, an dem man vorbei geht, ohne sich an ihn zu erinnern. Sie reichte Jasmin das Smartphone.

Diese schüttelte den Kopf. „Ja, es ist Judith, aber den Typ habe ich noch nie gesehen."

„Wäre auch zu schön gewesen", murmelte Kate und gab Ines das Smartphone zurück.

„Schicken sie mir bitte das Bild?", fragte sie und die junge Frau kam lächelnd der Bitte nach.

Kate vermutete, dass es das einzige Bild mit den beiden im Hintergrund war, was ihr Ines auch bestätigte.

„Sind die beiden zusammen weggegangen?", fragte Kate und die junge Frau presste konzentriert die Lippen aufeinander.

„Es war so viel los an dem Abend", murmelte sie entschuldigend, aber dann nickte sie. „Jetzt fällt es mir wieder ein. Er hat gezahlt und ist gegangen, es war noch gar nicht so spät, vielleicht 20.00 Uhr. Da war die junge Frau noch da. Benito Caraza hat für uns noch gesungen, sie war begeistert von ihm. Sie haben sich dann auch noch unterhalten, wie lange weiß ich nicht. Ich weiß auch nicht, wann sie nach oben gegangen ist, aber am nächsten Morgen muss sie sehr früh aufgebrochen sein, denn beim Frühstück war sie nicht, dass weiß ich jetzt wieder genau, weil Benito Caraza nach der *Aleman* gefragt hat, scheinbar hat sie einen guten Eindruck bei ihm hinterlassen."

Ines Herradz hatte, wie versprochen, das Gepäck der beiden aus der Herberge von Donna Clara holen und auf ein Zimmer bringen lassen, das, statt der üblichen Stockbetten, zwei Einzelbetten enthielt.

Jasmin, deren Füße vorher professionell von Donna Herradz, der deutschen Mutter von Ines, versorgt worden waren, lag auf dem einem Bett und sah Kate zu, die durch den kleinen Raum tigerte.

„Diese Ines ist wirklich ein Schatz, sie hat alle auf diesem Teil des Camino noch liegende Pilgerherbergen angerufen und nach Judith gefragt. Sie hat sogar ihr Bild per Email dorthin geschickt, aber in allen relevanten Herbergen kann man sich entweder nicht an sie erinnern oder, was wahrscheinlicher ist, sie ist dort nie angekommen."

Jasmin setzte sich auf. „Dann ist sie also von hier nie weggegangen?"

Kate zuckte die Schultern. „Aus der Herberge schon, aber wie weit ist sie gekommen und vor allem, wer ist dieser Mann, mit dem sie sich so angeregt unterhalten hat?"

Jasmin steckte die Hand aus. „Zeig mir noch mal das Bild."

Sie nahm das iPhone entgegen und starrte auf das Display, zoomte etwas heran und legte es schließlich beiseite.

„Ich denke, der Typ ist Wissenschaftler, vielleicht auch Arzt. Daher könnte Judith ihn auch kennen. Wie sie ihn anschaut, interessiert, nicht an seiner Person als Mann, sondern an dem, was er sagt. Und wie sie ihn anschaut hat er keine Belanglosigkeiten mit ihr ausgetauscht, sondern etwas..."

Sie zögerte kurz. „Gehaltvolles gesagt", ergänzte sie.

Anerkennend nickte Kate.

"Es ist gut, dass du mitgekommen bist, immerhin kennst du sie am besten."

Ein leiser Ton zeigte an, dass Kate eine Nachricht erhielt. Sie nahm ihr iPhone und las.

„Also, Judiths Mutter kennt ihn auch nicht", sagte sie mit Enttäuschung in der Stimme und ließ das iPhone sinken. „Jetzt kann ich nur auf Steven hoffen", ergänzte sie.

Dann sah sie zu Jasmin. „Und wie machen wir weiter?"

Diese ließ sich zurück in die Kissen fallen.

„Erst einmal ausschlafen. Du kannst ja die 230 km nach Santiago de Compostela noch pilgern, ich fliege nach Hause."

Kate ließ sich auch auf ihr Bett fallen. Sie drückte eine Weile schweigend auf ihrem iPhone umher, dann sagte sie: „Ich habe uns für morgen Abend einen Flug nach Hause gebucht. Ich glaube, der Rest des Camino muss warten bis ich einmal mehr Muse zum Pilgern habe."

Kapitel 6

Die Wohnung von Steven Neubauer entsprach, genauso wie er selbst, ganz und gar nicht den gängigen Klischees. Steven war kein pickliger, übergewichtiger, blasser Nerd, sondern ein großer, durchtrainierter, gebräunter junger Mann, dem man ansah, dass er sich, so oft wie möglich, im Freien aufhielt. Da er bis in die frühen Morgenstunden an seinen PCs saß, schlief er bis Mittag, um anschließend zu joggen oder im Sommer zu schwimmen oder an der Talsperre zu surfen. Er ernährte sich gesund und konsequent vegetarisch.

Kate hatte bewusst bis 13.00 Uhr gewartet. Als sie ihn anrief, bestätigte er ihr, dass er zu Hause sei. Gemeinsam mit Jasmin, die sie gebeten hatte, dabei sein zu dürfen, betrat sie das renovierte Jugendstilhaus im Westend von Plauen und sie stiegen die Treppen hinauf bis ins Dachgeschoss.

„Alles wieder gut?", fragte Kate mit einem Blick auf Jasmins Füße, die heute in hellen, flachen Ballerinas steckten.

„Naja, noch nicht High Heels geeignet, aber es geht", antwortete diese und rang nach Luft.

„Warum ziehen die Leute bloß in eine Dachgeschosswohnung", keuchte sie.

„Damit sie nicht zu viel Besuch bekommen", sagte eine dunkle Stimme.

Steven lehnte, nur mit Shorts und T-Shirt bekleidet, an der Eingangstür und grinste. Dann reichte er beiden Frauen die Hand.

„Herein in meine bescheidene Hütte."

Er ging voran und Kate bewunderte wieder die stilvoll eingerichtete, fast steril saubere Wohnung, mit dem kleinen, gemütlichen Balkon, von dem man eine gigantische Aussicht auf Plauen hatte.

Dorthin führte der junge Mann sie. Sie nahmen in bequemen Korbstühlen Platz und er servierte Kaffee. Dann nahm er einen Laptop und stellte ihn vor sich hin.

„Also, das ist derzeit alles, was ich über den Typ herausgefunden habe. Maximilian Kolbe, 34 Jahre, geboren in Leipzig. Einzelkind, Eltern geschieden. Mutter ist vor knapp zwei Jahren gestorben, Vater lebt in Australien. Abitur, Medizinstudium in Leipzig. Hier gibt es die erste Querverbindung zu Judith Feiler, sie war zwar drei Jahrgänge unter ihm, aber sicher haben sie sich gekannt, zumindest vom Sehen. Er hat sich relativ zeitig für das Gebiet der Genetik entschieden. Zwei Auslandssemester, Amerika und England. Promotion vor drei Jahren. Dann ein Jahr Forschungsarbeit in China, genaueres konnte ich nicht herausfinden. Zu dieser Zeit wurde seine Mutter krank, Krebs. Er kam wieder und arbeitete in einer Projektgruppe am Leipziger Universitätsklinikum mit. Dann starb seine Mutter und er nahm von heute auf morgen eine Auszeit. Die scheint noch anzudauern."

Kate lehnte sich zurück.

„Seit knapp zwei Jahren?", fragte sie ungläubig. „Wie

finanziert er das?"

„Seine Mutter besaß einige Immobilien in Leipzig,
sozusagen ein altes Familienerbe. Zu DDR -Zeiten
eine Belastung, sind die Häuser inzwischen bares
Gold wert. Er hat eins jetzt verkauft, eine halbe Milli-
on."

Jasmin, die bisher schweigend zugehört hatte, sog
hörbar Luft ein.

„Und die anderen vermietet?", fragte sie und Steven
nickt. „Gut, dann hätten wir das auch geklärt", sagte
Kate. „Aber wo können wir ihn finden?"

Steven reichte ein Foto über den Tisch.

„Das ist sein Caravan. Damit scheint er viel unterwegs zu sein, scheinbar auch auf dem Camino. Er
hält sich aber auch hin und wieder in Leipzig auf, er
hat dort noch die Wohnung seiner Mutter, in einem
seiner Häuser. Und wenn ihr euch sputet, trefft ihr
ihn dort an, ehe er wieder verschwindet. Ich habe dir
seine Adresse auf dein iPhone geschickt", sagte er.

„Und woher weißt du das?", fragte Kate.

Lächelnd hob Steven seine Tasse an die Lippen.

„Das, liebe Chefin, ist eines meiner Geheimnisse."

Steven hatte Recht. Als Kate, in Jasmins Begleitung, im Leipziger Westen vor dem hohen Mietshaus stand, brannte in der mittleren Etage Licht.

„Er ist wirklich zu Hause", murmelte Letztere und Kate schmunzelte. Sie hatte volles Vertrauen zu Stevens Fähigkeiten, auch wenn diese manchmal nicht ganz gesetzeskonform waren.

„Was willst du ihm sagen?", riss Jasmin sie aus ihren Gedanken, als sie an die Haustür traten und das Klingelschild studierten. Kate zuckte die Schultern.

„Was wohl, die Wahrheit, mal schauen was er uns dazu erzählt."

Sie klingelte und umgehend wurde die Tür, ohne Nachfrage wer da ist, geöffnet. Als sie in der zweiten Etage ankamen, war die Vorsaaltür angelehnt. Schweigend sahen sie sich an. Kate klopfte vorsichtig.

„Hallo?", rief sie und tastete unwillkürlich nach ihrem Holster, dass sie natürlich nicht trug.

In diesem Moment trat ein Mann in den Flur und schaute sie verstört an, dann lächelte er.

„Entschuldigen sie vielmals, ich dachte, es sei ein Bekannter. Kolbe", sagte er. „Maximilian Kolbe."

Er reichte beiden Frauen die Hand. „Was kann ich für sie tun?"

Seine offene Art machte ihn sympathisch.

Kate stellte sich und Jasmin vor.

„Wir suchen nach Judith Feiler", sagte Kate gerade heraus.

Verwirrt sah der Mann sie an. „Ist ihr etwas passiert? Sind sie von der Polizei?"

„Nein, ich bin private Ermittlerin und Frau Weidner ist mit Judith Feiler befreundet."

Maximilian Kolbe deutete nach innen in seine Wohnung. „Aber bitte kommen sie doch herein."

Er führte sie in ein Wohnzimmer, dass von riesigen Bücherregalen eingerahmt war. Auf allen sonstigen freien Flächen, ob Tisch, Stühle, Sessel, lagen diverse aufgeschlagene Bücher, Zettel, Zeitschriften. Er legte ein paar Stapel zusammen und machte ihnen auf der Couch etwas Platz.

„Bitte, setzen sie sich und entschuldigen sie, dass es hier so aussieht, aber ich nutze meine Auszeit, die ich mir genommen habe, zu Studien."

Scheinbar entsann er sich jetzt seiner Gastgeberpflicht. „Darf ich ihnen einen Tee anbieten? Kaffee habe ich leider keinen."

Kate lehnte höflich ab und auch Jasmin schüttelte den Kopf. Schließlich setzte sich Maximilian Kolbe ihnen gegenüber und schaute sie gespannt an. Als sie schwiegen, begann er, ohne gefragt zu werden, zu reden.

„Ich kenne Judith seit der Uni, wir waren zwar nicht in einer Seminargruppe, sie ist ja jünger als ich, aber haben gemeinsame Praktika belegt. Danach habe ich Judith Jahre nicht gesehen, aber dann, vor einem halben Jahr, zu einem Symposium. Sie sprach dort über die medizinische Versorgung in Ländern der Dritten Welt, sehr beeindruckend, wenn ich das sagen darf. Wir haben uns anschließend unterhalten und sie erzählte unter anderem, dass sie auf dem

Jakobsweg pilgern will. Ehrlich gesagt wusste ich nicht, dass sie so religiös geprägt ist, aber das behielt ich für mich. Ich selbst bin dann nach dem Tod meiner Mutter mit dem Caravan etwas herumgereist, ich brauchte einfach Abstand."

Er sah Kate verständnisheischend an und als diese nickte, fuhr er fort. „Und in Bilbao traf ich doch Judith wieder. Sie begann hier den Camino zu laufen. Wir haben uns ein bisschen unterhalten und dann haben wir uns getrennt."

Kate lehnte sich etwas zurück.

„Und seitdem haben sie Judith nicht mehr gesehen?", fragte sie, ganz beiläufig.

Ihr Gegenüber schüttelte den Kopf, aber nicht, wie Kate zuerst glaubte, dies zu bestätigen, sondern zu verneinen.

„Doch, wir haben uns wiedergesehen. Ich wollte einen ehemaligen Studienfreund in Praia das Catedrais besuchen, musste aber erfahren, dass er seit einigen Jahren in Barcelona lebt. Und mitten auf dem Marktplatz treffe ich Judith wieder. Sie hatte Quartier bezogen in dieser deutschen Pilgerherberge und da diese auch eine Gaststätte betreiben, hatten wir uns für den Abend verabredet."

Kate sah blitzschnell zu Jasmin hin, die diskret nickte. Bisher schien die Geschichte in allen Punkten stimmig.

„Über was haben sie sich unterhalten?", fragte Kate.

Maximilian Kolbe hob leicht die Hände.

„Naja, erst so über dies und das, vorwiegend Fachli-

ches, so ist das halt, wenn zwei Ärzte aufeinander-
treffen." Er lacht leise. Dann wurde er ernst.
„Wann haben sie sich voneinander verabschiedet?",
fragte Kate ungerührt. Er schloss kurz die Augen, um
nachzudenken.
„Ich denke, es muss so nach 20.00 Uhr gewesen sein,
ich bin zu meinem Caravan gegangen und habe mich
etwas hingelegt. Ich wollte sehr früh weiter."
Er sah von Kate zu Jasmin und ergänzte leise. „Soll
das heißen, dass ich Judith das letzte Mal gesehen
habe? Sie ist seitdem verschwunden?"
Seine Stimme klang besorgt.
Kate war sich nicht sicher, wie viel sie ihm sagen
sollte und konnte. Es war besser sich noch etwas
bedeckt zu halten, zumal sie nicht ausschließen konnte, dass er tatsächlich mit Judiths Verschwinden etwas zu tun hatte.
„Hat sie ihnen gegenüber irgendetwas angedeutet,
Probleme zum Beispiel?", überging sie seine ur-
sprüngliche Frage. Ihr Gegenüber schien den Themenwechsel zu akzeptieren und runzelte seinerseits
die Stirn. Dann sah er Kate geradeheraus an.
„Ich weiß nicht, ob es Judith Recht wäre, wenn ich
ihre Probleme, die sie mir anvertraut hat, anderen
gegenüber erwähne."
Kate nickte verständnisvoll.
„Das ehrt sie, Herr Kolbe, aber um auf ihre Frage
zurückzukommen, ja, sie ist seit jenem Abend verschwunden und es ist uns wichtig zu wissen, ob ihre
Probleme mit ihrem Verschwinden zusammenhän-

72

gen könnten."

Seufzend lehnte er sich zurück.

„Also gut, sie hatte Problem mit ihrer Mutter. Die drängte sie immer und immer wieder Karriere zu machen, aber Judith wollte das nicht. Ihr Traum ist es, wieder in der Dritten Welt zu arbeiten. Und nun hatte sie jemand kennengelernt, der sie dabei unterstützen würde."

Kate setzte sich unwillkürlich aufrechter hin und sie spürte auch, wie Jasmin neben ihr leise die Luft einsog.

„Sie erzählte mir", fuhr Maximilian Kolbe fort, „dass sie es gar nicht wagte ihn ihrer Mutter vorzustellen, scheinbar ist die doch recht konservativ. Aber sie sei fest entschlossen mit ihm in die Dritte Welt zu gehen. Sie wollten sich übrigens am nächsten Morgen treffen, um den Rest des Caminos gemeinsam zu gehen, er konnte erst verspätet zu ihr stoßen, weil er aus Nairobi, war es, glaube ich, kam."

„Hat sie einen Namen genannt?", fragte Kate.

Bedauernd schüttelte Maximilian Kolbe den Kopf.

„Nein, oder warten sie, Markus glaube ich, ja, Markus war es."

„Hat sie sonst noch irgendwelche Details genannt?"

Wieder schien er angestrengt nachzudenken.

„Ich glaube, er kam auch aus dem medizinischen Sektor, Arzt vielleicht oder Krankenpfleger."

Mit einem leichten Achselzucken sah er die beiden Frauen an.

„Es tut mir leid, dass ich mir eventuelle Details nicht

besser gemerkt habe, aber ich dachte doch nicht, dass es einmal von Bedeutung sein könnte."

Plötzlich stand er auf und lief auf und ab. Er schüttelte mehrmals den Kopf und setzte seine Wanderungen fort. Schließlich blieb er abrupt stehen.

„Nein, wirklich, ich kann mich an keine weiteren Dinge aus diesem Gespräch erinnern die ihnen weiterhelfen könnten. Kann ich ihnen sonst irgendwie helfen?"

Echte Besorgnis klang in seiner Stimme, als er abwechselnd Kate und Jasmin anschaute.

Kate erhob sich und schüttelte leicht den Kopf.

„Danke, Herr Kolbe, sie haben uns immerhin einige wichtige Anhaltspunkte gegeben."

Er brachte die beiden Frauen zur Tür. „Würden sie mich bitte verständigen, wenn sie irgendetwas neues erfahren?", fragte er.

Kate nickte und reichte ihm schweigend die Hand.

Kapitel 7

Hauptkommissar Mike Köhler hörte Kates Ausführungen schweigend zu und führte nur ab und zu seine Kaffeetasse an die Lippen. Seufzend lehnte er sich schließlich zurück, während Daniel, der Besitzer ihrer Lieblingskaffeerösterei, Kate einen Cappuccino servierte.

„Also sieht es wirklich so aus, als sei sie verschwunden, freiwillig oder nicht freiwillig."

Kate nahm genießerisch einen kräftigen Schluck.

„Wenn sie freiwillig mit diesem Markus gegangen wäre, hätte sie irgendwann ihre Geldreserven angegriffen. Nehmen wir hypothetisch an, sie wäre mit ihm, ohne dass ihre Mutter es erfährt, nach Afrika oder was weiß ich wohin gegangen, dann brauchte sie ein Flugticket. Wenn sie geflogen wäre…ist sie aber nicht, weder ab Spanien noch ab Deutschland oder Frankreich."

Alarmiert sah Mike sie an. „Woher weißt du das?", fragte er misstrauisch, aber diese lachte nur.

„Mein Lieber, ich habe meine kleinen Geheimnisse und du die deinen, belassen wir es dabei."

Er schüttelte den Kopf.

„Das ist illegal, das weißt du schon", sagte er mit gedämpfter Stimme.

Ernst nickte sie. „Aber natürlich…für einen Beamter der deutschen Kriminalpolizei mit Sicherheit."

„Auch für dich", ergänzte er mit ernstem Gesicht, aber Kate sah ein Funkeln in seinen Augen. Natürlich hätte auch er gern über diese Möglichkeit verfügt, ohne ein langwieriges Prozedere mit Staatsanwaltschaft und Co.

Sie machte eine beruhigende Geste mit der Hand.

„Sei wie es sei, Fakt ist, dass Judith Feiler von Maximilian Kolbe letztmalig gesehen wurde und nach Aussage der Tochter der Herbergsbetreiber auch nicht zum Frühstück erschien, weil sie bereits abgereist war."

Mike lehnte sich zurück und zog die Stirn kraus. Was Kate ihm hier erzählte, konnte auf ein unfreiwilliges Verschwinden der jungen Frau hindeuten oder aber auch nicht.

Sie war eine erwachsene Frau und hatte das Recht sich, mit wem auch immer und wo auch immer, aufzuhalten. Er sah Kate an.

„Was hältst du von der Sache?"

Diese nahm noch einen Schluck ihres Cappuccinos und setzte die Tasse langsam und bedächtig zurück auf die Untertasse. Sie spürte Mikes Bedenken und konnte sie ihm nicht verübeln.

Einige Fakten passten irgendwie nicht zusammen. War Judith wirklich mit diesem Markus weggegangen und hatte mit Absicht ihre Spuren verwischt? Aber warum diese Postkarten? Für ein Fake war der Aufwand einfach zu groß und dann war da noch Jasmin, die ihr immer und immer wieder versichert hatte, dass Judith, ganz gleich welche Spannungen es auch gegeben haben mochte, ihre Mutter nie so im Ungewissen lassen würde. Das hätte einfach nicht zu ihr gepasst.

Sie sah Mike an.

„Einen Unfall können wir ausschließen, ebenso wie einen Mord. Die Karten wurden eindeutig von ihr geschrieben. Ich glaube wirklich, dass sie entführt wurde. Aber warum? Geld kann es nicht sein, es gab bislang keine Forderungen, nach zwei Monaten. Einen Sexualstraftäter schließe ich fast aus, warum diese Postkartengeschichte, er hätte sie einfach so verschwinden lassen können. Nein, ich denke an eine Beziehungstat. Wir müssen diesen Markus finden."

Mike nickte langsam.

„Ich denke trotzdem, dass ich zu wenig habe, um ermitteln zu können, gerade wegen dieser Karten. Das Gefühl einer Mutter, dass die Karten zu kitschig sind für ihre Tochter und diese kindische Sache mit dem gemeinsamen Code zweier Teenager, sollten sie einmal entführt werden, fliegt mir bei meinen Vorgesetzten um die Ohren."

Kate hatte dafür vollstes Verständnis. Ihr wäre es selbst nicht anders gegangen. Aber sie setzte auf ihren Instinkt und sie wusste, dass Mike den auch hatte und dass dieser ihm genau wie ihr sagte, dass an dieser Sache etwas faul war.

„Dann werde ich einfach weiter machen", sagte sie und spürte, wie Mike aufatmete. Er konnte es nicht, aber sie konnte es.

Während sie Daniel ein Zeichen für einen weiteren Cappuccino gab, setzte sie ihm auseinander, wie sie weiter vorgehen würde. Die Suche nach diesem Mar-

kus hatte oberste Priorität und da Maximilian Kolbe
eingeschätzt hatte, jener müsse aus dem medizinischen Bereich kommen, wäre das ja immerhin ein
Anfang.

Bereits am nächsten Morgen fuhr Kate nach Leipzig, in die Augenklinik von Professor Habermann.

Nachdem sie unzählige, wie sie fand, sinnlose Telefonate mit der ausgesprochen unfreundlichen Vorzimmerdame geführt hatte, die ihr abwechselnd unterstellte, entweder eine Patientin zu sein und einen früheren Behandlungstermin ergaunern zu wollen oder aber Journalistin der Boulevardpresse mit ähnlich unlauteren Absichten, hatte sie entnervt Steven gebeten, die direkte Durchwahl des Professors herauszubekommen, was dieser prompt erledigte.

Der Professor, nicht so paranoid misstrauisch wie seine Sekretärin, hatte ihr sofort für den nächsten Mittag einen Termin zugesagt, nachdem Kate ihm grob den Grund für ein Gespräch genannt hatte.

Die Privatklinik, ein eleganter Mehrzweckbau, lag am grünen Gürtel von Leipzig, von dem Kate wusste, dass es ihn vor 25 Jahren noch nicht gegeben hatte.

Endlich hatte sie Gelegenheit, dem „Drachen", wie sie die Vorzimmerdame des Professors seit gestern mit steigender Aggressivität getauft hatte, persönlich gegenüberzutreten. Diese war eine Dame mittleren Alters von imposanten Körperausmaßen und einem eisigen Blick, mit dem sie Kate empfing. Diese stellte sich freundlich vor.

„Ich weiß nicht, wie sie sich die Telefonnummer des Herrn Professor erschlichen haben, aber das wird für sie Folgen haben, das versichere ich Ihnen", giftete sie Kate statt einer Begrüßung entgegen und schien gewillt, die helle Tür, die scheinbar ins Allerheiligste

79

führte, mit ihrer gesamten Körperlichkeit verteidigen zu wollen.

Kate musterte sie eine Weile schweigend. „Frau Weigelt", begann sie mit ruhiger Stimme. Sie hatte den Namen an der Bürotür abgelesen. „Ich habe den schwarzen Gürtel in Karate, wollen sie sich wirklich mit mir anlegen?"

Die schien diese Art von Humor nicht zu verstehen und blieb unbeeindruckt stehen, wandte sich aber abrupt um, als ein tiefes Lachen ertönte.

„Herr Professor", stammelte sie und errötete wie ein Schulmädchen.

Dieser, ein großer, schlanker, weißhaariger Mann, lehnte in der Türfüllung und grinste breit.

„Das hätte ich jetzt wirklich gerne gesehen", sagte er und kam Kate mit vorgestreckter Hand entgegen.

„Habermann", stellte er sich vor und zwinkerte Kate zu.

„Bringen sie uns bitte einen Kaffee, Frau Weigelt", sagte er und schob seine Besucherin an der, noch immer stumm dastehenden Vorzimmerdame, in sein Büro.

„Natürlich, Herr Professor." Es klang noch immer erstaunt.

Kate hatte inzwischen das helle, freundliche Büro betreten, an dessen Wänden keine modernen Kunstdrucke hingen, bei denen man sich permanent fragte, was einem der Künstler damit sagen wollte. Es waren wunderschöne Landschaftsaufnahmen, die sie sofort in ihren Bann zogen.

Der Professor war ihren Blicken gefolgt.

„Mein Hobby", erläuterte er und bot ihr einen Platz an. In diesem Moment klopfte es und der „Drachen" kam, recht kleinlaut jetzt, herein und servierte den Kaffee.

Als sie stehen blieb, sagte der Professor: „Danke, Frau Weigelt."

Sie nickte nur, warf Kate einen letzten, bösen Blick zu und verließ das Büro.

„Sie müssen es ihr nachsehen, sie ist wirklich meine gute Seele und schirmt mich von all den Dingen ab, die man als Arzt nicht unbedingt wissen will und machen muss. Aber, das gestehe ich, sie neigt in ihrer absoluten Loyalität auch manchmal zur Übertreibung. Daher bitte ich in ihrem Namen um Entschuldigung." Er deutete auf den Kaffee und Kate nahm einen Schluck.

Dann lehnte er sich zurück. „Es geht ihnen also um Judith Feiler. Sie ist verschwunden, habe ich sie da richtig verstanden?"

Kate setzte die Tasse ab und nickte. Dann erzählte sie ihm in kurzen Zügen, was sie bisher herausgefunden hatte und sah die zunehmende Betroffenheit in seiner Miene.

Als sie geendet hatte, schüttelte er den Kopf. „Also, das ist mir wirklich alles schleierhaft. Warum sollte jemand Judith entführen?"

Kate entschloss sich, ihre Fragen zu stellen. Sie fand schon nach kurzer Zeit heraus, dass der Professor Judith zwar als ganz besonders begabte Medizinerin beschrieb, aber über ihr Privatleben so gut wie nichts wusste.

„Verstehen sie mich nicht falsch, Frau Schulz, natürlich liegen mir meine Mitarbeiter fachlich, aber auch menschlich, am Herzen, aber Judith hat nichts von sich preisgegeben und das habe ich akzeptiert. Ich habe sie menschlich als sehr engagierten kennengelernt, aber auch sehr verschlossen."

„Wissen sie, warum sie aus ihrer Klinik ausgeschieden ist, ich meine, einmal abgesehen von dem Sabbatjahr und ihrem Wunsch zu pilgern?"

Der Professor lehnte sich zurück und rieb langsam die Hände aneinander. Scheinbar war es ihm peinlich darüber zu sprechen.

„Nun ja", sagte er schließlich. „Ich führe hier auch eine Menge an Schönheitsoperationen durch, für die es keine medizinische Indikation gibt. Ich spreche nicht von Schlupflidern und anderem, sondern von Augenvergrößerungen, zum Beispiel bei Asiaten ist das sehr beliebt. Wer es sich leisten kann, lässt sich hier in Deutschland operieren, weil unsere Qualitätsstandards sehr hoch sind."

„Und daran hat sich Judith Feiler gestört?"

Der Professor zuckte etwas hilflos die Schultern.

„Wie ich schon sagte, sie ist eine begnadete Ärztin, das ist wirklich nicht übertrieben, aber von der Privatwirtschaft versteht sie nichts, sie hält es für geradezu ethisch verwerflich was wir hier tun und das hat sie mir auch immer wieder und immer öfter gesagt."

„Haben sie Judith Feiler deshalb entlassen?"

Der Professor riss beide Arme nach oben. „Nein, nein, daran hätte ich im Traum nicht gedacht. Es hat mich zwar einige Nerven gekostet, aber ich dachte, wenn ich sie fachlich und räumlich von diesen Privatpatienten fernhalte, wird es gehen."

Kate sah ihn an. „Aber?", fragte sie.

Er schüttelte resigniert den Kopf. „Eine Weile war Ruhe und ich dachte wirklich, sie ist hier angekommen. Ich wollte sie gerne enger an mein Institut binden und hatte im Visier, sie zu meiner Teilhaberin zu machen, mit allen Rechten und Pflichten."

Als er schwieg, hielt es Kate für angebracht, nachzuhaken. „Und dann?"

Es war, als würde der Professor aus seinen Gedanken aufgeschreckt.

„Ja, dann. Ich habe also mit ihr gesprochen und sie hat mich angeschaut, wie vom Donner gerührt. Ich dachte erst…"

Er schüttelte den Kopf. „Ich dachte wirklich, sie ist sprachlos darüber, dass ich ihr dieses Angebot mache, sie ist ja noch sehr jung und es gibt ältere Kollegen hier. Ich dachte wirklich, sie fühlt sich so geehrt, dass es ihr die Sprache verschlagen hat."

Kate ahne, was jetzt kommen würde. Sie wunderte sich wirklich, dass ein erfahrener Leiter eines solchen Institutes nicht vorausgesehen hatte, das eine junge Frau, die so glühend ihren Idealen von Hilfen für die Ärmsten der Armen nachhing, eine Idee abstoßend finden könnte, Teilhaberin einer Klinik zu sein, die

ihren Gewinn mit, in ihren Augen unnützen, Schönheitsoperationen verdiente.

Der Professor schien ihre Gedanken zu erraten.

„Frau Schulz, ich bin kein weltfremder Narr. Ich weiß
wie Judith dachte und was ihr wichtig war, also bot
ich ihr im gleichen Zuge an, weiterhin, von mir aus
jährlich für eine begrenzte Zeit nach Afrika oder Indien gehen zu können und dort zu operieren. Natürlich würden wir als Institut das alles finanzieren",
fügte er noch hinzu.

„Als Marketing natürlich, clever, sehr clever", dachte
Kate und es war ihr bewusst, dass auch Judith genau
das durchschaut hatte.

„Also hat sie abgelehnt?", sagte sie laut und der Professor nickte. „Ja und das mit einer halbstündlichen
Begründung die…nicht ohne war. Aber ganz typisch
für sie, sie war weder laut geworden noch persönlich
noch unsachlich, zumindest aus ihrer Sicht."

Er schüttelte den Kopf. „Kurzum, wir haben uns im
gegenseitigen Einvernehmen getrennt. Es ist also kein
Sabbatjahr, es war ein Abschied für immer."

Kate erhob sich. „Danke, Herr Professor, dass sie sich
Zeit genommen haben."

Er erhob sich ebenfalls. „Gerne doch, auch wenn ich
nicht viel beitragen konnte. Ich würde sie nur bitten
mich zu informieren, wenn es eine neue Entwicklung
gibt. Ich habe und werde Frau Feiler immer als wert-
vollen Menschen schätzen und es täte mir unendlich
leid, wenn ihr etwas passiert wäre."

Kate fand das alles ein bisschen zu dick aufgetragen,

nickte aber höflich und ergriff die ihr dargebotene Rechte.

„Noch eine letzte Frage, Herr Professor, hat Judith jemals jemand mit Namen Markus erwähnt?"

Er schüttelte den Kopf. „Bedaure, aber wie ich bereits sagte, sie sprach nicht viel über privates."

„Und den Namen Maximilian Kolbe?"

Wieder ein Kopfschütteln und Kate ging endgültig zu der ihr elegant aufgehaltenen Tür hinaus. Im Vorzimmer saß Frau Weidner und sah sie mit zusammengepressten Lippen an.

Kate stoppte am Tresen. „Entschuldigen sie, ich hatte das vorhin nicht so gemeint. Aber ich musste den Professor sprechen, es geht um Judith Feiler, die junge Ärztin, die hier gearbeitet hat."

Einen kurzen Moment schien ihr Gegenüber zu zögern, ob sie ihre Unnahbarkeit besser beibehalten sollte, aber schließlich entschied sie sich dagegen.

„Ach, ist etwas passiert? Eine so nette junge Frau, alle mochten sie hier."

Echte Besorgnis klang aus ihrer Stimme.

„Sie ist verschwunden", sagte Kate und Frau Weidner riss die Augen auf.

„Was? Aber das ist ja furchtbar. Kann ich ihnen irgendwie helfen?"

Kate war erstaunt, wie schnell sich diese, scheinbar so feste, Auster geöffnet hatte.

„Wissen sie irgendetwas über…"

In diesem Moment ging die Türe auf und der Professor erschien im Türrahmen.

„Ach, Frau Schulz, sie sind noch da? Bitte entschuldigen sie vielmals, aber ich brauche Frau Weidner ganz dringend?"

Diese sprang beflissen auf, als hätte eine Wespe sie gestochen und eilte in Richtung Büro. Nachdem sie dort verschwunden war, legte Kate ihr ihre Visitenkarte auf die PC Tastatur.

Als sie nach draußen ging, hatte sie das Gefühl, dass Professor Habermann ihr nicht die ganze Wahrheit gesagt hatte.

Als Kate in ihrem Auto saß, war sie frustriert und wütend zugleich. Sie hatte bisher nichts Wesentliches herausgefunden. Es war einfach zum Verzweifeln und sie hatte keine Ahnung, wie sie jetzt weitermachen sollte.

Gerade als sie den Wagen anlassen wollte, klingelte ihr iPhone.

„Hallo Omar." Sie hatte seine Nummer im Display gesehen.

„Hallo Kate, wo steckst du zurzeit?"

„In Leipzig." Sie hörte selbst, wie frustriert das klang. Dann hörte sie ein leises Lachen.

„Weiß ich doch, Abby hat es mir gesagt und weißt du was, ich bin auch hier. Auf der Rückreise vom Kongress habe ich einen alten Bekannten besucht, von dem ich dir erzählt hatte. Er hat mir ein paar interessante Details bezüglich deines Großvaters mitgeteilt. Können wir uns heute Abend treffen?"

Obwohl Kate reichlich angespannt war, auch weil sie im Fall Judith Feiler so gar nicht weiterzukommen schien, wollte sie das Omar nicht sagen. Im Gegenteil, er war derjenige, der unbeirrt an ihrer Familienforschung festhielt, sogar noch, als sie ihm gegenüber ihre Bedenken äußerte. Wollte sie wirklich die ganze Wahrheit wissen? Sie war sich noch immer nicht darüber im Klaren.

„Ich wollte heute eigentlich nach Plauen zurückfahren", sagte sie zögernd.

„Eigentlich", wiederholte er. „Also bleib noch eine Nacht in Leipzig, ich schlafe im Steigenberger. Wenn du willst, reserviere ich dir ein Zimmer und wir treffen uns heute Abend?" Kate atmete tief ein. „Okay, mach das."

„Ich buche das Zimmer auf deinen Namen und wir treffen uns 19.00 Uhr in der Hotelbar."

Ehe Kate etwas sagen konnte, hatte er aufgelegte. Mit einem Seufzer gab sie die Adresse des Hotels in ihr Navigationssystem ein und fuhr los.

Wider Erwarten hatte Kate einen angenehmen Nachmittag in Leipzig verbracht, sie war etwas bummeln gegangen, dann hatte sie das Wellnessangebot des Hotels genutzt und war nun geradezu tiefenentspannt, als sie die Hotelbar betrat.

Omar saß an einem kleinen Tisch ziemlich weit hinten, sodass sie wohl die nächste Zeit ungestört waren und winkte ihr beim Eintreten zu.

Als sie an den Tisch trat, erhob er sich und, zu ihrem Erstaunen, beließ er es nicht bei einem Händedruck, sondern umarmte sie.

„Setz dich", sagte er und orderte ihr umgehend ein Mineralwasser, während er einen alkoholfreien Cocktail mit Unmengen an Früchten und Sahne schlürfte. Dann packte er einige Dokumente auf den Tisch. Er nahm ein Schriftstück heraus und strich darüber.

„Ich beginne mal, das berühmte Pferd von hinten aufzuzäumen. Also, dein Großvater hat sich am 25.Januar 1944 freiwillig als Oberstabsarzt an die Ostfront gemeldet. Damals hätte ihm bereits klar sein müssen, dass nach der Schlacht um Stalingrad der Krieg so gut wie verloren war, also ein Himmelfahrtskommando. Die Frage ist, warum? War er wirklich so fanatisch, zu glauben, der Krieg sei noch zu retten oder war es eine Form des Suizides?"

Kate sah ihn verwundert dann.

„Ich glaube nicht, dass er ein fanatischer Nazi war, eher ein überzeugter Offizier. Aus dem wenigen, was meine Großmutter, also Clara Voigt, über ihn erzählt hat, kann man nicht auf Fanatismus schließen. Außerdem habe ich einige seiner Briefe im Nachlass gefunden, der berüchtigte Endsieg wird darin nicht erwähnt. Aber eine Form des Suizides, warum?"

Sie schüttelte den Kopf und sah Omar an, der weitere Dokumente, alles Kopien sicher alter Schriftstücke, ausbreitete.

„Eben, das habe ich mich auch gefragt. Deshalb habe ich immer und immer wieder weitergeforscht. Was war in diesen Jahren mit dem Mann passiert, dass er Frau und Kind allein zurückließ? Er musste ja ahnen, dass es keine Rückkehr aus den Kesseln von Russland geben würde."

Er nahm einen Schluck seines voluminösen Getränks und fuhr fort.

„Mein Bekannter, er hat sich übrigens auf dem Gebiet der Erforschung von Soldatenschicksalen im Zweiten Weltkrieg einen internationalen Namen gemacht, hat, auf meine Veranlassung hin, den Zeitraum von 1939 bis 1944 unter die Lupe genommen und dabei eine Sache festgestellt, die mich aufhorchen ließ. Dein Großvater war in Breslau stationiert, nicht wahr?"

Kate nickte, denn sie erinnerte sich an das Foto aus dem Familienalbum, wo ihre Großeltern mit ihrer Mutter abgebildet waren und der Unterschrift *Breslau 1943*.

„Ja, aus dem Jahr 1943 existiert das erste Kinderfoto meiner Mutter."

Omar sah sie an.

„Also, wie wir bereits wissen, kam deine Mutter als Adoptivkind nach Breslau, angeblich als Kind deines

Großvaters mit Ingeborg Mendel aus dem Lebensborn. Aber, auch das wissen wir inzwischen, dieses Kind war missgebildet und starb wahrscheinlich schon kurz nach der Geburt."

Clara Voigt, die Frau, die Kate fast 45 Jahre für ihre Großmutter gehalten hatte, hatte ihr in ihrem Abschiedsbrief gestanden, mehrere Fehlgeburten im frühen Stadium der Schwangerschaft gehabt zu haben, die schwere Missbildungen aufgewiesen.

Das hatte sie Omar erzählt, der daraus die logische Schlussfolgerung gezogen hatte, nämlich, dass Johannes Voigt als Mediziner, spätestens seit der Geburt des behinderten Kindes von Ingeborg Mendel, die Erkenntnis gewonnen hatte, dass nicht seine Ehefrau, sondern er die Schuld daran trug.

Omar nahm jetzt wieder ein Dokument und hielt es in die Höhe.

„Dein Großvater hielt sich im Frühsommer 1943 in Krakau auf, genau bis zum 19. August 1943. In seinen Unterlagen findet man die Bewilligung zu Studien im Bereich Operationsmethoden bei Kriegsverwundeten."

Kate sah ihn erstaunt an.

Das wäre an sich nichts Ungewöhnliches bei einem Militärarzt, aber sie sah an Omars Mimik, dass dies nicht alles war. Er nahm eine Fotografie in die Hand, ohne sie Kate zu zeigen.

„Ich glaube, er hat einen alten Studienfreund aus Bonn besucht, der…" Er räusperte sich, als mache ihn diese Aussage irgendwie betroffen. „Studien auf dem

Gebiet der Vererbung und Genetik durchführte."

Jetzt reichte er Kate das Foto. Es zeigte zwei junge Männer in typischer Studentenmanier, die sich gerade über etwas köstlich zu amüsieren schienen.

Kate erkannte in dem einen jungen Mann eindeutig ihren Großvater, dann sah sie die Widmung auf dem Bild und wurde blass.

„Zu Erinnerung, Dein Freund Josef Mengele", las sie halblaut und sah Omar entsetzt an. „Das ist doch nicht *der* Mengele?"

Omar nickte und sie sah, wie sehr er es bedauerte. „Ja, das ist er. Kein Zweifel, ich habe selbst noch einmal recherchiert, er hat mit deinem Großvater oder vielmehr, Nichtgroßvater, wie jetzt stark zu vermuten ist, gemeinsam in Bonn studiert."

Kate ließ sich in den Sessel zurückfallen und schloss die Augen. Tausend Gedanken schossen ihr durch den Kopf. Wenn er davon gewusst hatte, es gesehen hatte, warum hatte er dann nichts dagegen getan?

Sie schrak zusammen, als Omar, als habe er ihre Gedanken gelesen, sagte: „Was hätte er tun können? Die Maschinerie des Grauens war angelaufen und keiner konnte sie mehr stoppen. Er hätte in den Widerstand gehen können, aber Stauffenberg und der Kreisauer Kreis hatten auch keinen Erfolg. Er hätte sich eine Kugel in den Kopf jagen können, aber vielleicht hielt sein Glauben ihn davon ab?"

Kate sah in aufgebracht an. „Hätte, hätte. Denkst du, er hat mit Mengele gemeinsame Sache gemacht?"

Omar schüttelte den Kopf. „Nein und das versuche

ich dir gerade zu erklären. Er war so entsetzt über alles das, was er dort zu sehen bekam, dass er einen moralischen Ausweg für sich suchte und den fand er, im Einsatz an der Ostfront. Denke daran, er war Arzt, er hat vielleicht vielen Soldaten das Leben gerettet, aber er wusste auch, dass er das seine wahrscheinlich verliert und so war es auch."

„Aber warum hat er das Kind, meine Mutter, woher es auch immer kam, noch adoptiert?"

Omar legte das Foto, das Kate fast angewidert von sich geschleudert hatte, sorgsam zu den anderen Dokumenten zurück.

„Vielleicht hat er diesem Kind das Leben gerettet und hielt es für seine moralische Pflicht es in Sicherheit zu bringen? Wo konnte es sicherere sein als in einer deutschen Offiziersfamilie?"

Er sah, wie Kate die Luft anhielt und ergriff ihre Hand. Diese duldete die Berührung, scheinbar gab sie ihr ein Gefühl der Sicherheit in diesem Gefühls-chaos.

„Willst du weitersuchen?", fragte er leise und wie aus einem Traum hochgeschreckt, starrte Kate ihn an. Sie strich sich über die Stirn und versuchte sich an einem Lächeln, was allerdings kläglich scheiterte.

„Omar, du hast so viel getan für mich und zum Dank fauche ich dich noch an."

Dieser winkte ab. „Das dich das alles verwirrt ist doch verständlich, sogar mich hat es betroffen ge-macht, als mein Bekannter es mir offenbarte. Darum meine Frage. Willst du weiter machen?"

Wieder schwieg sie eine Weile und merkte dann, dass Omar die ganze Zeit ihre Hand nicht losgelassen hatte.

Genau wie ihr Partner Ben hatte wahrscheinlich auch er kein Problem mit Nähe.

War ihr Problem damit ein Erbe einer schrecklichen Vergangenheit?

Entschlossen entschied sie sich, gegen solche Gedanken anzukämpfen.

Sie sah Omar fest in die Augen. „Ja, ich mache weiter und wäre dir sehr dankbar, wenn du mich weiter unterstützen würdest."

Die Heimfahrt nach Plauen am nächsten Morgen war erst sehr schweigsam.

Kate war die halbe Nacht von furchtbaren Alpträumen geplagt worden, an die sie sich nur szenenhaft erinnern konnte und entsprechend zerschlagen beim Frühstück erschienen. Mit dem geübten Blick des Mediziners hatte Omar entschieden, dass es besser sei, wenn er das Auto gen Plauen fahren würde und so döste Kate auf dem Beifahrersitz vor sich hin, bis sie nach einer Rast bei Chemnitz mit jeder Menge Kaffee den Rest der Fahrt Omar über den aktuellen Stand der Suche nach Judith Feiler informierte.

In Plauen angekommen, nahm sie Omar mit in ihr Büro. Im Vorraum fand sie Jasmin Weidner vor, die am Tresen lehnte und sich angeregt mit Abby zu unterhalten schien.

Heute trug sie ein hautenges, enzianblaues Kleid, das knapp über ihren Knien endete, und gleichfarbige Stilettos dazu. Kate spürte, wie Omar hinter ihr den Schritt abbremste und wandte sich langsam um.

Der Pathologe starrte geradezu hypnotisch die junge Frau an, die sich mit einem eleganten Hüftschwung vom Tresen wegbewegte und Kate mit einer leichten Umarmung begrüßte.

„Ich hoffe, ich komme nicht ungelegen", sagte sie mit einem Blick auf Omar. „Aber ich hatte einfach keine Ruhe."

Kate nickte und übernahm die Vorstellung.

„Dr. Omar Amri, Jasmin Weidner, die Freundin von Judith Feiler."

Sie deutete auf ihr Büro.

„Geht schon mal rein", sagte sie und sah Abby an.

„Etwas Dringendes?"

Diese schüttelte den Kopf und grinste.

„Hat wohl gefunkt?", murmelte sie und deutete mit einer Kopfbewegung in Richtung Kates Büro. Diese sah Abby mit einem strengen Blick an.

„Klatschbase", flüsterte sie, aber Abby hatte in den Augen ihrer Chefin ein verdächtiges Glitzern gesehen.

„Abby hat nicht unrecht", dachte sie, als sie ihr Büro betrat und Omar in heiterem Gespräch mit Jasmin vorfand.

Sie stellte sich an ihren Aufsteller, den sie für solche Fälle nutzte.

Zum einen war hier der Jakobsweg abgebildet und rote Pins kennzeichneten die Stellen, wo Judith Feiler sich aufgehalten hatte. Darunter pinnten Namensschilder. Judith Feiler, Maximilian Kolbe, Markus. Nachdem sie sich mit einem Räuspern die Aufmerksamkeit der beiden anderen anwesenden gesichert hatte, deutete sie auf die oben abgebildete Route.

„Also, wir konnten Judiths Weg bis hier her verfolgen."

Sie deutete auf den Ort Praia das Catedrais.

„Außerdem wissen wir, dass sie dort auf Maximilian Kolbe traf. Er ist, seinen Angaben nach, sehr früh in sein Wohnmobil gegangen, da er zeitig am Morgen aufbrechen wollte. Von ihm haben wir auch den Namen Markus, jenen Mann, mit dem Judith sich angeblich treffen wollte."

In diesem Moment klingelte Kates Telefon und mit gerunzelter Stirn nahm sie ab.

„Abby, wir wollten nicht gestört werden…" Sie hielt inne. „Gut, ja, das war richtig, stell sie durch."

Sie stellte den Lautsprecher auf mithören.

„Frau Schulz, hier spricht Frau Weigelt, Herr Professor Habermann hat mir nach ihrem Weggang erzählt, dass sie einen Markus in Bezug auf Frau Dr. Feiler suchen. Also, Frau Dr. Feiler telefonierte einmal in meiner Anwesenheit mit jemand und sie sprach ihn mit Markus an."

„Wann war das?"

Frau Weigelt schien etwas zu überlegen. „Also, das war kurz bevor sie uns verlassen hat, sie brachte mir einige Formulare ins Büro, da klingelte ihr Handy. Sie sprach nur kurz, aber an den Namen kann ich mich erinnern. Als ich es heute Herrn Professor erzählte, meinte er, ich solle sie anrufen, ich hoffe, das war richtig?"

Kate bestätigte es ihr und bedankte sich.

„Gut, jetzt gibt es zwei Leute unabhängig voneinander, die diesen Markus bestätigen", meinte Jasmin.

Kate sah sie an, es klang, als traue sie der Sache nicht über den Weg.

„Warum sollte Frau Weigelt lügen?", fragte Kate provokativ, aber Jasmin schüttelte den Kopf.

„Ich weiß, dass ist eine verrückte Idee, aber für mich ist das alles nicht stimmig. Judith brennt mit keinem Typ einfach durch, ganz gleich wer er ist. Und hätte sie wirklich in die Dritte Welt gewollt, sie hätte dazu gestanden, auch zum Stress mit ihrer Mutter."

„Vielleicht hat er sie entführt?", wandte jetzt Omar ein, der sich aus Kates Schale mit Schokopralinen bediente.

„Warum?", fragten Kate und Jasmin zeitgleich.

Er zuckte die Schultern.

„Ich bin Pathologe, kein Psychologe. Wir wissen doch alle, wie viele Gestörte da draußen herumlaufen."

„Ich würde dir ja recht geben, aber diese Postkarten stören mich irgendwie", murmelte Jasmin und Kate war erstaunt, dass sie und Omar in ihrer knapp zweiminütigen Abwesenheit bereits zum Du übergegangen waren.

Kate schien plötzlich eine Idee zu haben. Sie nahm ihr iPhone und tippte eine Nummer ein.

"Hallo Steven, könntest du einmal nach einer Verbindung zwischen Judith Feiler und einem Markus prüfen, Nachname unbekannt, auch sonst keine Daten. Er muss einen medizinischen Hintergrund haben, Arzt, Krankenpfleger, irgendetwas in dieser Richtung. Und er muss in Nairobi gewesen sein, bis vor zwei Monaten. Hat sie mit jemand studiert der diesen Vorname hatte, etc."

Sie seufzte auf. „Ja, ich weiß, das ist Mist, aber wir haben weiter keine Daten. Danke."

Achselzuckend sah sie Jasmin und Omar an.

„Das ist jetzt unsere einzige Spur", sagte sie und es klang resigniert.

Omar, der sich noch eine Schokopraline in den Mund

gesteckt hatte, klatschte in die Hände.

„Ich denke so wird das nichts. Kate, du bist müde und solltest dich erst einmal ausschlafen. Vielleicht findet Steven inzwischen etwas heraus und dann beraten wir neu."

Verständnisheischend sah er Jasmin an, die ihm zunickte.

Kate schüttelte den Kopf. „Toll, dass du mir meinen Job erklärst."

Omar sah sie streng an. „Ich erkläre dir nicht deinen Job, meine Liebe, ich übe meinen Job aus, immerhin bin ich Arzt und als solcher sage ich, schlaf erst mal aus."

„Pathologe", konterte Kate gereizt, was wiederum Omar ein Lächeln entlockte. „Stimmt, aber dennoch Mediziner."

„Jetzt hört aber auf. Kate, ich denke, Omar hat Recht. Du solltest dir etwas Ruhe gönnen", fuhr Jasmin dazwischen und sah Kate ernst an.

Diese hob entnervt die Hände. „Also gut, treffen wir uns morgen Mittag wieder hier, vielleicht hat Steven etwas herausgefunden."

Erst auf dem Nachhauseweg wurde Kate klar, dass der Pathologe und die Ex-Domina plötzlich zu ihrem Team gehörten.

Kapitel 8

Omar hatte Recht behalten, ein paar Stunden Schlaf hatten Kate erholt und sie auch die Alpträume vergessen lassen, die sie in der vergangenen Nacht geplagt hatten.

Es war noch früher Abend und sie setzte sich, trotz der langsam einsetzenden Kühle, auf die Terrasse, um nachzudenken.

Jetzt, mit klarem Kopf, verstand sie, was Jasmin gestört hatte. Dieser Markus wurde ihnen plötzlich wie auf einem Silbertablett präsentiert, ein Geist, den keiner richtig greifen konnte, aber zwei Beteiligte unabhängig voneinander bestätigten.

Sie griff zu ihrem iPhone und wollte Steven anrufen, als sie einen Anruf von Jasmin erhielt. „Hi, bist du wieder munter?"

Kate lachte. „Ja, frisch und munter. Ich wollte gerade Steven anrufen, ob er schon etwas herausgefunden hat."

„Mir ist noch etwas eingefallen, Kate. Diese Frau Weigelt hat doch gesagt, Judith hätte am Tresen gestanden und plötzlich habe ihr Handy geklingelt?"

Kate runzelte die Stirn. „Ja, ich glaube, so hat sie es gesagt und dabei wäre der Name Markus gefallen."

„Eben", unterbrach Jasmin sie. „Aber Judith hat kein Handy, ich meine, sie hat nur das Prepaid Handy für ihre Montagstelefonate mit ihrer Mutter, wenn sie unterwegs war. Aber sonst telefonierte sie ausschließlich über Festnetz."

Kate ließ ihren Blick über den Garten schweifen und versuchte sich zu konzentrieren. Jasmin hatte Judith ein paar Jahre nicht gesehen, woher wollte sie genau deren aktuellen Gepflogenheiten kennen?

Scheinbar hatte Jasmin ihre Gesprächspause genau so interpretiert.

„Hör zu, auch wenn wir uns eine Weile nicht gesehen haben, Judith hat ihre Prinzipien, da war sie sich gegenüber treu. Dazu gehört, dass sie ein ausgesprochener Gegner von Smartphone und Co. ist. Sie ist fest überzeugt davon, dass die Strahlung sich negativ auf das Gehirn und kognitive Fähigkeiten auswirkt. Im Rahmen ihres Studiums hat sie sogar an einer Studie mitgewirkt und sich so bestätigt gefühlt. Was ich damit sagen will, ich glaube nicht, dass sie mit einem Handy im Kittel umhergelaufen ist."

Kate schwieg eine Weile, um das Gehörte zu verarbeiten. Was Jasmin sagte, klang einleuchtend und was sie bisher über Judith Feiler gehört hatte, bestätigt das.

„Aber warum sollte Frau Weigelt lügen?"

„Das herauszufinden ist dein Job", antwortete Jasmin knapp und verabschiedete sich.

Kate lehnte sich auf dem bequemen Stuhl zurück und schaute wieder in den Garten.

Ein Eichhörnchen flitzte über den Rasen, sah sie erschrocken an, hielt sie aber scheinbar für harmlos und kletterte eine Fichte hinauf.

Entschlossen wählte sie Stevens Nummer.

„Chefin, du nervst", sagte er ohne Einleitung, lachte

dann aber. „Also, ein bisschen was habe ich schon, aber das ist eine echt harte Nuss."

Kate hörte, wie er wild auf der Tastatur herumhämmerte.

„Hör zu, dieser Markus könnte, ich betone könnte, ein Markus Herrmann sein, er wäre der einzige mit medizinischem Background. Er ist Arzt, Chirurg und, jetzt kommt`s, er war in Afrika, Ärzte ohne Grenzen."

Kate setzte sich aufrecht hin.

„Das ist er", stieß sie aufgeregt hervor.

„Langsam, Kate, er ist vergangene Woche wieder nach Afrika geflogen, allein."

Trotzdem wollte Kate jetzt nicht von dieser einzigen Spur ablassen. „Hast du irgendwelche Daten?"

Sie hörte Steven knurren.

„Natürlich", sagte er leicht pikiert, als hätte Kate seine Kompetenzen in Abreden gestellt. „Ich schicke dir alles, auch die Nummer, unter der er derzeit erreichbar ist."

Kurz danach hatte Kate, Steven sei Dank, eine Leitung nach Mwala in Kenia, wo sich Markus Herrmann derzeit aufhalten sollte.

Zu ihrem Erstaunen war er selbst am Telefon. Nachdem sich Kate vorgestellt und knapp ihr Anliegen geschildert hatte, sagte er mit einer angenehmen, festen Stimme. „Einen Moment bitte, ich gehe kurz nach draußen."

Kate hatte im Hintergrund Stimmen gehört und vermutete, dass er im Hospital war.

„Habe ich sie richtig verstanden? Judith wird vermisst?", fragte er nach einer Weile, als die Hintergrundgeräusche verschwunden waren.

„Ja, seit zwei Monaten. Kennen sie Judith näher?"
Kate wollte ihm noch nicht sagen, dass zwei Personen das bestätigt hatten.

„Ich kenne Judith vom Studium, aber näher, nein. Sie hat sich sehr für meine Arbeit interessiert und vor ein paar Jahren bat sie mich um Rat, da sie auch im Ausland arbeiten wollte. Ich habe ihr ein paar Kontaktdaten genannt, das ist alles."
Kate hörte nichts Auffälliges in seiner Stimme, er hatte ihre Frage, ohne zu zögern, beantwortet.

„Sie hatten in letzter Zeit keinen Kontakt mit ihr?"
„Nein, hatte ich nicht. Und jetzt entschuldigen sie mich bitte, aber ich muss wieder in den OP-Saal."
Er hatte das Gespräch beendet.

Ratlos legte Kate ihr iPhone auf den Tisch.
Entweder war Markus Herrmann ein begnadeter Lügner oder irgendjemand hatte gezielt eine falsche Spur gelegt, aber warum?

Abby hatte bei Daniel in der Kaffeerösterei gleich zwei Kannen Kaffee bestellt und stellte ihn jetzt auf den runden Tisch im Beratungszimmer. Sie schaute Kate an, bis diese nickte.

Mit einem breiten Lächeln nahm Abby Platz. Heute durfte sie mit zum „operativen Team Judith Feiler", wie sie es im Stillen nannte, gehören.

Die anderen Anwesenden, Pathologe Omar Amri, Hauptkommissar Mike Krüger, Jasmin Weidner, der Computerexperte Steven und Kate Schulz nahmen ebenfalls nach und nach Platz.

An einem Aufsteller waren das Bild von Judith Feiler angebracht, sowie diverse Verbindungen mit Namen hinterlegt, Maximilian Kolbe, Markus Herrmann, Professor Habermann, seine Sekretärin Frau Weigelt.

Kate brachte die Anwesenden auf den neusten Stand. Mike Köhler lehnte sich zurück.

„Also existiert dieser ominöse Markus tatsächlich?"

Kate nickte. „Allerdings bestreitet er, Judith näher gekannt, geschweige sie auf dem Camino getroffen zu haben."

Steven, der seinen Laptop mit dem Beamer verbunden hatte, warf ein Bild an die Leinwand, die Abby vorher heruntergefahren hatte.

„Ich habe mal einiges überprüft. Dieser Markus ist wirklich von Nairobi nach Bilbao geflogen und hatte sich dort zwei Tage im Hotel eingecheckt. Allerdings hat er das Hotel nur einmal verlassen, für zwei Stunden, bestimmt etwas essen. Am nächsten Tag ist er weiter nach Barcelona geflogen, dort hat er an einem

Symposium für Ärzte aus Drittländern teilgenommen."

Er blendete ein Bild ein. Es zeigte verschiedene Teilnehmer des Kongresses in einer Diskussionsrunde. Er deutete mit dem Pointer auf einen hochgewachsenen, blonden Mann Mitte dreißig mit Dreitagebart und Nickelbrille. „Das ist Dr. Markus Herrmann."

„Er war also nie auf dem Camino?", fragte Mike und sah zwischen Steven und Kate hin und her.

Beide schüttelten synchron den Kopf.

Er blies etwas Luft zwischen den Lippen hervor und sah Steven längere Zeit an. Der Computerexperte hielt dem Blick stand und grinste etwas, was den Hauptkommissar zu einem Kopfschütteln bewegte.

„Gut, ich will keine Details, wie du das herausbekommen hast, aber ich vermute, es ist wasserdicht?"

„Wie Neopren", antworte Steven und ließ sich in seinem Sessel zurückfallen.

„Was uns zu der Frage bringt, warum haben uns Maximilian Kolbe und Frau Weigelt also scheinbar angelogen?", warf Kate ein und sah die anderen auffordernd an.

„Vielleicht hat sie es auf Wunsch ihres Professors getan, den sie so anhimmelt, wie du gesagt hast?", sagte Abby leise und errötete leicht, als alle sie ansahen.

Kate lächelte, es war doch eine gute Idee gewesen, Abby mit einzubinden. In den letzten Monaten hatte sie nicht nur das Büro herausragend gemanagt, sie hatte auch immer einmal zaghafte Versuche unternommen, ihre Gedanken zu Fällen mit einzubringen.

„Das ist eine top Idee", sagte Omar, der neben ihr saß und klopfte ihr auf die Schulter.

Steven schien etwas zu recherchieren, dann nickte er.

„Hier ist eine Verbindung. Maximilian Kolbe und Professor Habermann kennen sich. Maximilian war sein Student und noch besser, Professor Habermann sein Doktorvater."

Jasmin, die bisher geschwiegen hatte, fuhr ihren Sessel etwas zurück und schlug die Beine übereinander.

„Alles gut und schön, aber warum sollten die beiden Judith entführt haben?"

Sie klang gereizt, scheinbar dauerte ihr dieses Brainstorming zu lange und schien ihr zu wenig ergebnisreich.

Mit einem Blick auf Kate sagte sie: „Lass uns zu dieser Frau Weigelt fahren und aus ihr herausbringen, ob ihr Chef sie gezwungen hat, diese Falschaussage zu machen."

Kate sah, dass Jasmin gewillt war, ihrem Vorschlag Taten folgen zu lassen.

„Sie ist ihrem Chef so treu ergeben, dass sie uns mit Sicherheit nichts sagen wird", wandte sie ein, aber Jasmin schüttelte den Kopf.

„Das werde ich ihr schon klarmachen", murmelte sie und sah Kate wütend an.

„Und wie stellen sie sich das vor, Frau Weidner? Wir sind hier nicht in Guantanamo", warf Mike Köhler ein, der daraufhin einen noch böseren Blick von Jasmin erhielt.

Omar Amri hob beide Hände. „So und jetzt beruhigt euch alle mal. Ich werde mich selbst einmal mit Habermann treffen, das ist doch unverfänglicher. Mal schauen, was ich aus ihm herauskitzeln kann."

Mit einem selbstzufriedenen Lächeln sah er in die Runde.

Kate schüttelte den Kopf.

„Und was willst du ihm sagen? Hallo, Herr Kollege, ich bin zwar Pathologe ...aber immerhin, wir sind beide Ärzte, und im Übrigen, haben sie etwas mit dem Verschwinden von Judith Feiler zu tun?"

Mike schmunzelte, als er Omars entgeisterte Miene sah.

„Da liegt Kate nicht ganz falsch. Vielleicht hat Frau Weidner ja auch recht."

Er warf einen Blick auf Jasmin, die ihn noch immer mit einem Blick bedachte, der Bände sprach.

„Man sollte diese Frau Weigelt kapern, allerdings auf die feinfühlige Weise."

Jasmin stieß einen Ton aus, der vermuten ließ, was sie von Mikes Vorschlag hielt.

„Das ist eine gute Idee, ich glaube, ich weiß auch wie", sprang Kate in die Bresche, denn sie wollte die Situation keinesfalls eskalieren lassen.

„Also ist Markus Herrmann vom Haken?", fragte Steven.

Kate war ihm dankbar, dass er damit die Situation etwas entschärfte und nickte ihm zu.

„Ich denke ja, wenn du dir sicher bist, nichts übersehen zu haben?"

Mike sah in an und Steven nickte. „Nein, ich denke nicht. Er war definitiv an diesem Abend in seinem Hotel als Judith das letzte Mal gesehen wurde."

Mike Köhler hielt es einfach nicht mehr aus. „Hast du sein Handy getrackt? Das könnte er geahnt und es im Hotel gelassen haben."

Steven lachte und schüttelte den Kopf. „Glaubst du, ich bin ein Anfänger? Das Hotel hat ringsum, inklusive Tiefgarage, Videoüberwachung und sein Zimmer lag in der 10. Etage. Wenn er nicht Batman ist, dann hat er das Hotel definitiv nicht verlassen."

Zufrieden lehnte er sich zurück. Mike musterte ihn.

„Willst du damit sagen, du hast dich in die Überwachung eingehackt und…"

Steven riss die Hände hoch. „Ich habe gar nichts gesagt."

Kate räusperte sich. „Mike, was immer in diesem Raum gesprochen wird, bleibt auch in diesem Raum."

„Dein Raum, deine Regeln", murmelte dieser und winkte ab. „Gut, gut, ich sagte nichts mehr dazu."

Steven ahmte eine Verbeugung nach und packte seinen Laptop zusammen. Dann sah er Kate an.

Diese nickte ihm zu. „Grase noch ein bisschen über Maximilian Kolbe nach. Irgendetwas muss doch zu finden sein. Warum hat er uns diesen Dr. Herrmann vorgeführt?"

Steven erhob sich. „Mache ich, sowie ich etwas weiß, melde ich mich."

„Gut", sagte Kate. „Und ich werde mich nochmals

nach Leipzig begeben und bei Frau Weigelt vorbei-
schauen, und zwar allein."
Dabei schaute sie Jasmin an, die kopfschüttelnd auf-
stand.

Kapitel 9

Annegret Weigelt liebte guten Kaffee, im Gegensatz zu ihrem Chef, der grünen Tee bevorzugte. Jeden Tag um 10.00 Uhr eine Kanne, die sie ihm dann auf ein kleines Stövchen stellte.

Sie wusste, dass er den Geruch von Kaffee verabscheute, auch wenn in der Praxis ein hochmoderner Kaffeeautomat stand, um den Ansprüchen seiner Privatpatienten zu genügen.

Heute war Professor Habermann außer Haus und laut seinem Terminplan würde er auch nicht noch einmal in die Klinik kommen, daher hatte sie sich schon früh einen guten Kaffee gebrüht und saß am PC, die Tasse links neben sich.

Als die Türklingel ging, sah sie erstaunt auf. Patienten waren für heute nicht geplant, vielleicht ein Mitarbeiter der Klinik, der einen Termin abstimmen wollte?

„Frau Schulz", sagte sie verblüfft, als die Frau in ihrem Gesichtsfeld erschien. Kate Schulz trat an den Tresen. Frau Weigelt musterte sie in einer Mischung aus Neugier und Skepsis.

„Der Herr Professor ist heute außer Haus", sagte sie schließlich, um einen freundlichen Tonfall bemüht.

Kate lächelte verbindlich. „Ich wollte auch nicht zu ihm, sondern zu ihnen."

Mit diesen Worten reichte sie einen Blumenstrauß über den Tresen, weiße und rosa Rosen mit zartem Schleierkraut.

Zumindest hatte sie es mit dieser Geste geschafft, dass ihr Gegenüber für einen Moment sprachlos war.

„Wir hatten keinen so guten Start, Frau Weigelt und ich wollte mich einfach nur bei Ihnen entschuldigen. Es war nett von ihnen bei mir anzurufen. Nun weiß ich von dem Telefonat zwischen Frau Doktor Feiler und diesem Markus, dank ihnen."

Leicht zögernd nahm die Sekretärin den Strauß in Empfang.

„Ich liebe Rosen", wisperte sie und roch an einer der Blumen.

„Dachte ich mir", sagte sich Kate im Stillen.

Plötzlich schien sich Frau Weigelt wieder ihrer guten Umgangsformen zu besinnen.

„Möchten sie nicht eine Tasse Kaffee, Frau Schulz, ich habe…"

Sie unterbrach sich, weil heftig die Türklingel mehrmals hintereinander gedrückt wurde.

Kopfschüttelnd betätigte Frau Weigelt den Summer.

„Manche Menschen haben einfach keinen Anstand", sagte sie.

In diesem Moment bog Jasmin Weidner um die Ecke. Sie beachtete Kate mit keinem Blick, sondern steuerte geradewegs auf Frau Weigelt zu.

„Sie haben behauptet, Judith hätte hier an diesem Tresen mit einem Handy telefoniert? Machen sie sich doch nicht lächerlich, sie hat gar kein Handy, sie haben gelogen. Aber das hat ein Nachspiel, das verspreche ich ihnen."

Wie erstarrt sah die Sekretärin auf die junge Frau, die

mit hochrotem Gesicht vor ihr stand und wie ein wütender Stier ein- und ausatmete.

„Wer sind sie denn überhaupt?"

Frau Weigelt schien ihre Stimme wiedergefunden zu haben, allerdings nicht so kräftig wie sonst.

„Das ist Judith Weidner, die Freundin von Frau Doktor Feiler", sagte Kate und sah Jasmin an.

„Du solltest dich erst einmal beruhigen", ergänzte sie.

„Das werde ich mit Sicherheit nicht."

Ihre Stimme hatte eine Lautstärke erreicht, die sowohl Kate als auch Frau Weigelt zusammenzucken ließ. Letztere griff zum Telefon.

„Ich werde den Sicherheitsdienst rufen", sagte sie, an Kate gewandt, die mit einem leichten Kopfschütteln die Hand hob.

„Einen Moment bitte, ich regle das."

Zögernd legte Frau Weigelt das Telefon aus der Hand.

Kate trat zu Jasmin. „Bitte, hör auf, das bringt doch nichts. Geh freiwillig. Frau Weigelt hätte allen Grund dich vom Sicherheitsdienst entfernen zu lassen."

Diese schien über Kates Worte nachzudenken.

„Das ist noch nicht zu Ende", fauchte sie, an die Sekretärin gewandt und rauschte hinaus, nicht ohne die Tür geräuschvoll ins Schloss zu werfen.

Frau Weigelt erhob sich. „Also so eine unmögliche Person."

Sie ordnete ihr Haar mit einer fahrigen Bewegung und ging zum Kaffeeautomat, um Kate den versprochenen Kaffee zu servieren.

Diese hatte inzwischen an einem kleinen Tisch Platz genommen.

„Ja, sie ist sehr impulsiv, darum habe ich ihr natürlich noch nicht gesagt, dass wir diesen mysteriösen Markus, auch dank ihrer Hilfe, Frau Weigelt, gefunden haben."

Sie neigte leicht den Kopf in Richtung der Sekretärin.

„Ach", sagte Frau Weigelt mit leiser Stimme und stellte Kate die Milch neben die Tasse, dabei zitterte ihre Hand leicht.

Die schien es nicht zu bemerken.

„Im Übrigen, es ist Dr. Markus Herrmann, vielleicht kennen sie ihn sogar. Jedenfalls werde ich die Sache jetzt offiziell an die Polizei übergeben. Die wird sie sicher noch einmal befragen, das wollte ich ihnen sowieso noch sagen, auch ohne diesen Auftritt von Frau Weidner eben."

Kate rührte ihren Kaffee um. Frau Weigelt räusperte sich etwas und setzte sich unvermittelt ihr gegenüber.

„Die Polizei?", fragte sie mir belegter Stimme.

Kate nickte. Sie sah, wie Frau Weigelt blass wurde und leichte Schweißperlen auf ihre Stirn traten.

„Aber das ist doch kein Problem. Sie sagen einfach genau das gleiche, was sie auch mir am Telefon gesagt haben."

Frau Weigelt senkte den Kopf.

„Bitte, Frau Schulz, ich muss ihnen etwas sagen. Ich habe dieses Gespräch, also das zwischen Frau Doktor

Feiler und diesem Markus nie gehört."

„Ach", entfuhr es Kate und sie lehnte sich zurück.

„Herr Professor hat dieses Gespräch gehört und er bat mich." Sie brach ab, weil sie ihre Stimme nicht mehr beherrschen konnte.

Kate befürchtete, dass die Frau jeden Moment in Tränen ausbrechen würde.

„Er bat sie zu sagen, sie hätten es gehört? Aber warum?"

Frau Weigelt schüttelte den Kopf, fasste sich dann aber wieder und setzte sich aufrecht hin.

„Herr Doktor Herrmann war vor Jahren, also vor meiner Zeit hier, einer seiner Studenten und er hat nicht die Noten erhalten, die er wohl für angemessen hielt. Der Herr Professor und er hatten einige Dispute darüber, sogar der damalige Dekan war involviert. Kurzum, es war eine unschöne Sache und der Herr Professor befürchtete, es könne wie eine späte Rache seinerseits aussehen, wenn er Herrn Doktor Herrmann beschuldigen würde. Daher hat er mich gebeten. Er wollte ihren Ermittlungen nicht im Wege stehen, schließlich geht es ja um Frau Doktor Feiler, die er sehr schätzt."

Kate trank ihren Kaffee aus und erhob sich.

„Es war gut, dass sie es mir gesagt haben, Frau Weigelt, bevor ich zur Polizei gegangen bin. So muss niemand, außer uns beiden, davon erfahren. Es sollte unter uns bleiben, auch was den Herrn Professor betrifft, sie sollten ihn nicht damit belasten. Ich werde der Polizei nichts von diesem Anruf sagen."

114

Sie reichte ihrem Gegenüber die Hand, welche diese auch, sichtbar erleichtert, ergriff.

„Danke für den Kaffee", sagte Kate und ging hinaus. Auf dem nahen Parkplatz, der vom Büro des Professors nicht einsehbar war, hatte Kate ihr Auto geparkt. Dort lehnte, an der Beifahrertür, Jasmin Weidner und lächelte sie an.

„Und? Wie war ich?"

Kate gab ihr lächelnd einen Klaps auf die Schulter.

„Wirklich filmreif. Und es hat geklappt."

Mit einem hochrecken des Daumens ließ sich Jasmin auf den Beifahrersitz fallen.

„Also, der mysteriöse Anruf war also mit Sicherheit ein Fake und die Tatsache, dass Judith Feiler diesen Markus gegenüber Maximilian Kolbe erwähnt hat, kann auch nur von ihm selbst bestätigt werden. Ich denke, damit ist Markus Herrmann vom Haken."

Steven hatte sich zurückgelehnt und sah Kate und Jasmin an.

Sie saßen wieder in Kates Büro in Plauen, als Hauptkommissar Köhler plötzlich eintrat.

Er reichte den Anwesenden die Hand und ließ sich schnell auf den neusten Stand bringen.

Dann griff er in die Tasche seiner Jacke und brachte eine Ansichtskarte heraus.

Kate ergriff sie.

„Aus Nairobi?", fragte sie verblüfft.

Mike Köhler nickte.

„Ja, Frau Feiler hat sie heute erhalten und mich gleich angerufen."

Jasmin stand auf, trat hinter Kate und las halblaut.

„Liebe Mutzi, wie du sicher weißt, war es immer mein Traum und meine Berufung für Menschen in der Dritten Welt zu arbeiten. Ich weiß auch, dass du dafür kein Verständnis hast, daher habe ich es dir verheimlicht, dass ich mit einem guten Freund hier nach Afrika gegangen bin. Bitte verzeih mir, es geht mir gut und ich melde mich wieder. Deine Judith."

Jasmin schüttelte den Kopf.

„So ein Schmalz, so etwas würde Judith nie freiwillig schreiben."

Mike sah sie stirnrunzelnd an.

„Aber es ist ihre Schrift?"

Jasmin nickte.

„Das eine muss nicht mit dem anderen zusammen-hängen", schaltete sich Kate ein. „Man hat sie sicher gezwungen die Karte zu schreiben, und zwar, um wieder die Fährte in Richtung Doktor Markus Herr-mann zu legen."

„Also langsam wird es stümperhaft."

Steven hatte die Karte in die Hand genommen.

„Aber dieses Mal fehlt der letzte Satz, euer versteck-ter Code", sagte er, an Jasmin gewandt.

Kate erhob sich und lief auf und ab.

„Wahrscheinlich ist ihnen aufgefallen, dass dieser Satz auf zwei Karten erschienen ist und sie haben geschlussfolgert, dass es sich um eine versteckte Nachricht handeln könnte. Daher durfte sie ihn die-ses Mal nicht schreiben. Lediglich das, für sie unübli-che, *Mutzi* hat sie beibehalten können und diesen sentimentalen Stil, wie Jasmin sagte. Aber warum? Warum dieses Spiel mit den Karten?"

Sie blieb stehen und sah die anderen an.

„Sie wollen etwas von ihr und um das zu erreichen, müssen sie ihr die Möglichkeit geben, ihrer Mutter ein Lebenszeichen zu senden, zwar nach ihren Spiel-regeln, aber immerhin", wagte Steven eine Theorie.

Kate nickte langsam.

„Das klingt logisch. Aber was?"

Mike Köhler, der zunehmend Gefallen an dieser Art des Brainstormings fand, hob wie ein übereifriger Schüler die Hand.

„Es ist die Verbindung zwischen Maximilian Kolbe und Professor Habermann. Ich denke, es geht um irgendetwas Medizinisches. Warum sonst eine Ärztin entführen?"

Steven klopfte auf seinen Laptop, den er immer bei sich trug.

„Ich bin dran. Es sieht zwar so aus, als haben sich die beiden seit Maximilians Kolbes Promotion weder beruflich noch privat getroffen, aber das muss nichts heißen, ich werde graben bis ich etwas finde."

Jasmin sah ihn an, dann wanderte ihr Blick zu Mike Köhler.

„Ich mache mir solche Sorgen um Judith."

Dieser zuckte etwas hilflos mit den Schultern.

„Ich werde versuchen, eine offizielle Vermisstenmeldung…"

„Nein", fuhr Kate dazwischen.

Alle Blicke richteten sich auf sie. Sie stand inzwischen am Fenster und sah auf die nicht sonderlich belebte Bahnhofstraße hinaus. Vormittags war hier nie viel los, allenfalls ein paar Rentner, die in die umliegenden Arztpraxen gingen.

Langsam wandte sie sich um.

„Damit würden wir sie nur nervös machen und das könnte zum Nachteil von Judith sein. Lass sie doch denken, wir stochern weiterhin im Dunklen oder sind immer noch hinter diesem ominösen Markus her. Steven ist dran und ich denke, er wird etwas finden."

Steven nickte.

Er zeigte nicht, ob ihn das Vertrauen seiner Chefin ehrte, seine Gedanken waren sicher bereits bei den Möglichkeiten, die ihm das Netz boten.

Er erhob sich schnell und nickte allen zu.

„Also, ich geh dann mal an die Arbeit, am besten zu mir, da habe ich alle Möglichkeiten."

Kate lief die Bahnhofstraße hinunter. Omar hatte sich mit ihr in einem Café verabredet, was ihr eigentlich gar nicht recht war.

Nach allem, was er über ihre Familie herausgefunden hatte, besonders die Tatsache, dass ihr Großvater ein Freund des berüchtigten Josef Mengele gewesen sein sollte, belastete nicht nur sie, sondern auch ihre Beziehung zu Omar.

Sie kam sich unfair vor, unprofessionell, das wusste sie und konnte sich doch von diesen Gedanken nicht freimachen.

Fast schon hätte sie seine Einladung ausgeschlagen, wohl aus der unterschwelligen Angst, er habe eine neue Spur in ihrer Familienangelegenheit. Aber da es sich, so sagte sie sich jetzt, mit Sicherheit um den aktuellen Fall handelte, wäre es unsinnig gewesen, den Termin nicht wahrzunehmen.

Das Café Müller, zwischen Markt- und Nobelstraße gelegen, hatte einen Außenbereich.

Dort saß Omar und winkte ihr zu.

Er aß einen Salat mit Putenstreifen, was Kate zu einem Stirnrunzeln veranlasste, nachdem sie sich begrüßt hatten.

„Oho, bist du jetzt auf Diät?", frotzelte sie.

Omar schüttelte den Kopf. „Das ist nur die Vorspeise", erklärte er, als bereits der Kellner mit einem Eisbecher nahte.

Kate bestellte einen Latte Macchiato.

Schließlich lehnte Omar sich zurück.

„Also, bei Daniel ist der Kaffee Spitzenklasse, aber

die Sitzmöbel…"

Er winkte ab und rekelte sich behaglich in den Polstern der breiten Couch.

Dann wurde er ernst. „Pass auf, du hattest mich ja ein bisschen zurückgepfiffen, als ich Professor Habermann aufsuchen wollte."

Er sah sie vorwurfsvoll an, aber Kate schlürfte betont unschuldig an ihrem Getränk, sodass er mit einem leichten Schnauben fortfuhr.

„Ich habe mir das Thema von Maximilian Kolbes Doktorarbeit angesehen, er hat, ziemlich erfolgreich sogar, im Bereich Genetik geforscht und zum Thema Einsatzmöglichkeiten der Genschere Crispr promoviert."

Kate setzte ihren Kaffee ab, jetzt hatte er ihre ungeteilte Aufmerksamkeit.

„Kannst du mir das, für einen Laien verständlich, erläutern?"

Omar wog den Kopf hin und her, nahm einen Löffel Eis mit Schlagsahne und sah Kate eine Weile schweigend an. Dann setzte er sich aufrecht hin.

„Lass es mich versuchen. Eigentlich ging es schon 1987 los, als japanische Forscher eine Entdeckung machten, aber das ist jetzt nicht so wichtig. Es dauerte noch eine Weile, dann waren es zwei Wissenschaftlerinnen, die den ungeheuren Nutzen dieser Erkenntnis erkannten, nämlich, dass es die Gen-Schere CRISPR-Cas9 ermöglicht, das Erbgut auf vielfältige Weise zu verändern. Jedes Gen kann damit faktisch auf beliebige Weise verändert werden. Bei allem positiven Nutzen für Erkrankungen wie ALS oder Krebs besteht eine reale Gefahr, nämlich dass Crispr theoretisch auch die Möglichkeit eröffnet, Menschen gezielt zu optimieren. Kurzum, ein Designerbaby würde eine reelle Option."

Atemlos hatte Kate zugehört.

„Und darüber hat Maximilian Kolbe promoviert?"

Omar lächelte.

„Nein, das war, ich gebe zu, ziemlich laienhaft, eine Zusammenfassung wohin die Reise gehen könnte."

Er betonte das letzte Wort stark.

„Kolbe hat sich nicht mit den ethischen Aspekten auseinandergesetzt, nur mit den Möglichkeiten der Bekämpfung von schweren Erkrankungen durch eine Mischung aus Gen- und Zelltherapie. Ich habe den Faden weitergesponnen und mir erlaubt, jemand in meine Recherche einzubinden."

Es hatte schon fast etwas von einem Varietékünstler, als Omar jetzt mit der Hand wedelte und Steven lächelnd an ihren Tisch trat, seinen Laptop wie immer unter dem Arm.

Als Kate ihn und Omar sprachlos anstarrte, brachen beide in Lachen aus.

„Ich saß da drin und habe auf meinen Auftritt gewartet", nahm Steven Omar die Show, was dieser mit einem gespielt ärgerlichen Schnauben quittierte.

Steven nahm Platz und nachdem ihm der Kellner seinen Kaffee nachgebracht hatte, öffnete er den Laptop.

Da sie allein saßen, musste er die Stimme nicht zu

sehr absenken.

„Ich habe, auf Omars Tipp hin, mich etwas tiefer in Maximilian Kolbes Vita versenkt. Dabei bin ich auf ein interessantes Kapitel gestoßen. Sagt dir der Name Golem etwas?"

Kate, die ihn erst verständnislos anstarrte, schüttelte schließlich bedächtig den Kopf.

„Doch, da regt sich etwas, Golem, war das nicht diese Gestalt aus Lehm, die ein Prager Rabbi zum Leben erweckt hat?"

Omar klatschte in die Hände.

„Es geht doch nichts über eine gute Allgemeinbildung."

Dann wurde er wieder ernst. „Was du sagst, stimmt und so wird es in der Legende auch kolportiert. Aber wir sprechen hier von einem Projekt Golem, ein wissenschaftliches Projekt. Es stand unter der Leitung von."

Er sah Steven an, der Kate zunickte.

„Professor Habermann?", fragte sie und beide Männer nickten. Sie runzelte die Stirn.

„Aber was hat dieser Lehmgolem mit Genforschung zu tun?"

Omar nahm noch einen Löffel aus seinem langsam dahinschmerzenden Eisbecher und Kate hatte ihn langsam in Verdacht, dies aus Effekthascherei zu machen. Er legte den Löffel weg und sah sie an.

„Weil Golem auch im hebräischen für Embryo steht."

Kate begriff.

„Also erforschten sie das, was du vorhin als Möglichkeit für ein Designerbaby genannt hast?"

„Das wäre ein Riesenmarkt, es gibt genügend Superreiche, die sich ihr Baby faktisch kreieren lassen würden, Augenfarbe, Haarfarbe, Intelligenz und so weiter", schaltete sich Steven ein.

Omar hob die Hand.

„Aber, es gibt in Deutschland das Embryonenschutzgesetz."

„Und damit wurde das Projekt aufgelöst, kann man das so sagen?"

Kate sah Omar an, der seinerseits Steven zunickte.

„Eins ist allerdings seltsam. Maximilian Kolbe, offiziell nie Teilnehmer an diesem Projekt, ist genau einen Monat nach dessen Auslaufen nach China gegangen."

„Wo man es mit der ethischen Frage der Embryonenforschung nicht so genau nimmt", ergänzte Kate.

„Das ist der Missing Link."

Sie setzte sich jetzt aufrecht hin, aber dann zuckte sie die Achseln. Was half ihnen die Erkenntnis, wenn sie nichts, aber auch gar nichts davon beweisen könnten?

Scheinbar kannte sich Steven nicht nur hervorragend mit Computern, sondern auch mit der menschlichen Körpersprache aus.

Er stieß Kate leicht an. „He, Chefin, du denkst doch nicht, ich hätte hier schon aufgegeben?"

Fast liebevoll streichelte er seinen Laptop.

„Was man nicht im regulären Netz findet, sucht man im Darknet."

Als Kate und Omar ihn gespannt ansahen, beugte er sich etwas vor.

„Es gibt eine Kinderwunschklinik, die MOGEL- Klinik, in der Nähe von Prag."

Kate stutze erst, dann lächelte sie.

„Mogel, das Anagramm von Golem, gut. Aber warum glaubst du, dass Judith dort ist?"

Wieder hakte hier Omar ein.

„Einmal gibt es dort angegliedert eine große Forschungseinrichtung, offiziell natürlich alles ganz legal, man forscht in Richtung Erberkrankungen bei Kindern. Aber was noch wichtiger ist, keiner hat sich bisher für Judith Feilers Arbeit interessiert, außer der Tatsache, dass sie in der Dritten Welt war. Judith Feiler hat sehr wohl geforscht, gerade im Rahmen ihrer Promotion. Und wisst ihr über was? Zum Thema erbliche Blindheit und Möglichkeiten der Einflussnahme in die DNA."

Kapitel 9

Jasmin Weidners Haus in der Nähe von Prag hatte
sowohl Kate als auch Omar in Erstaunen versetzt.
Es erwies sich als eine echte Bauhausvilla, die hier
mit Sicherheit niemand vermutet hätte. Die Möblie-
rung war exakt passend, schlicht und stilvoll. Trotzdem schien die Villa für Jasmin gebaut, jeder Raum
strahlte ihre Persönlichkeit aus.
Omar geriet so ins Schwärmen, das Kate ihn erinnern
musste, warum sie eigentlich hier waren. Sie hatten
lange überlegt, wie sie einen Kontakt zu der Klinik,
aber besser noch, zu dem Forschungsbereich herstel-
len konnten.
Dank Stevens Recherchen wussten sie, dass die Klinik zwar frei zugänglich war, wenn auch mit Security
und Überwachungskameras reichlich versehen, je-
doch nicht das Forschungsareal. Dort befanden sich
auch die Wohnungen der Mitarbeiter, also faktisch
eine eigene Stadt.
Zwar fand Kate die Idee noch immer verrückt, aber
da sie keine Bessere hatte, stimmte sie schließlich zu.
Professor Doktor Omar Amri, seines Zeichens Pathologe, hatte immerhin reichlich Erfahrung auf dem
Gebiet der Forschung, sodass er sich, im Rahmen
einer persönlichen und beruflichen Veränderung, im
Forschungszentrum bewerben wollte.
Das Gespräch sollte am späten Nachmittag stattfin-
den und es war ein Streitgespräch darüber entbrannt,
wer ihn als seine vermeintliche Ehefrau begleiten

sollte.

Jasmin würde sich für diese Rolle sicher bestens eignen und es war auch Omar anzusehen, dass er diese Idee hervorragend fand, aber Kate lehnte das kategorisch ab.

„Das ist mein Job, keine weiteren Diskussionen", beendete sie das Gespräch.

Und so fuhr Jasmin sie, zu Omar sichtlichem Leidwesen, am Nachmittag an den Rand von Prag, wo sich das riesige Forschungsgelände inklusive der repräsentativen Klinik befand.

„Soll ich warten?", fragte sie, aber Kate lehnte ab.

Schließlich einigte man sich darauf, dass sie sich in einer Prager Gaststätte in der Altstadt treffen und Omar und sie mit einem Taxi dorthin fahren würden.

Sie wurden nicht, wie Kate erhofft hatte, im Forschungsgelände, sondern in der Klinik empfangen und auch dort, über weit verzweigte Gänge in einen Bereich geführt, der nicht dem Publikumsverkehr zugängig war.

Ein Mann mittleren Alters, in dezent grauen Anzug, empfing sie und bat sie Platz zu nehmen.

Er sprach ein akzentfreies Englisch, bat aber eine plötzlich auftauchende Servicekraft auf Tschechisch, ihnen Getränke zu bringen.

Nachdem der Serviervorgang abgeschlossen war, beugte sich der Mann etwas nach vorn.

Seine dunklen Augen fixierten erst Omar und dann Kate, die heute einen dunkelblauen Hosenanzug mit weißer Bluse trug.

„Warum haben sie sich bei uns beworben, Herr Professor Amri?", fragte der Mann, der sich als Pavel Kovacz, leitender Personalmanager, vorgestellt hatte. Er hielt sich zumindest nicht mit Smalltalk auf, stellte Kate fest.

Omar erwiderte den prüfenden Blick seines Gegenübers mit einem verbindlichen Lächeln.

„Ich möchte mich gern noch einmal beruflich verändern und da wurde mir ihr Institut empfohlen. Hier könnte ich auch endlich meine Forschungsarbeit wieder aufnehmen. Details haben sie sicher meinen Unterlagen entnehmen können. Ich würde gern den Gegenstand meiner Forschungen dem Leiter des Institutes darlegen."

Omar war ganz Profi und ließ sich nicht aus der Ruhe bringen von der arroganten Miene seines Gegenübers. Dann deutete er auf Kate.

„Meine Frau ist eben erst aus den Staaten gekommen, wir haben dort geheiratet und es soll für uns beide ein Neuanfang sein."

Dabei ergriff er kurz Kates Hand und tätschelte sie. Kate konnte nur mit Mühe ein Lachen unterdrücken, schaffte es aber, ihn verlegen anzulächeln.

Der Blick des Personalmanagers schwenkte zu ihr.

„Was haben sie in den Staaten gearbeitet, Missis Amri, sind sie auch Medizinerin?", fragte er unvermittelt.

„Nein, ich war Special Agent beim FBI Atlanta", sagte Kate ruhig und genoss es, ihr Gegenüber für einen Moment die Fassung verlieren zu sehen.

Er fasste sich allerdings sehr schnell wieder.

„Oh, interessant, aber welches Betätigungsfeld würden sie dann hier wählen, sollte ihr Gatte eine Stelle in unserem Institut antreten?"

Omar lehnte sich zurück, was den Stuhl zum Quietschen brachte. „Das wird sich finden, nicht wahr, Liebling?"

Kate nickte ihm lächelnd zu.

Der Personalmanager erhob sich.

„Sie werden von uns hören, Herr Professor."

Man reichte sich die Hände.

Dann endlich stellte Pavel Kovacz die entscheidende Frage.

„Darf ich wissen, wer uns empfohlen hat?"

Omar, der sich mit Kate bereits zur Tür umgewandt hatte, blieb stehen.

„Frau Doktor Judith Feiler, sie arbeitet doch für sie, nicht wahr?"

Kate nahm die Veränderung im Gesicht und in der Haltung des Personalmanagers wahr.

Plötzlich glich nichts mehr an ihm dem aalglatten Profi, den er bisher gegeben hatte. Blitzartig hatte er sich in ein lauerndes Raubtier verwandelt.

Seltsamerweise galt sein erster Blick nach dieser Eröffnung Kate.

„Er weiß jetzt, dass ich beim FBI war und hat die richtigen Schlüsse gezogen", dachte sie.

Die Rückveränderung erfolgte ebenso schnell wie vorher.

„Dr. Feiler? Das sagt mir gar nichts. Vielleicht eine

Mitarbeiterin, die vor meiner Zeit hier tätig war?"
Er lächelte, allerdings erreichte dieses nicht seine Augen.

Omar zog nur kurz seine beeindruckenden Brauen nach oben.

„Ach, sie arbeitet nicht hier? Dann muss ich wohl etwas falsch verstanden haben."

Mit einem Nicken ergriff er Kates Arm und sie gingen hinaus, wohl wissend, dass Pavel Kovacz ihnen nachsah.

Kate stand mit Omar im Foyer der Klinik. Sie warteten auf das Taxi, dass eine Mitarbeiterin der Rezeption für die gerufen hatte.

Ihr Blick glitt über die Überwachungskameras und mit einer kurzen Bewegung ihres Kopfes in Richtung Ausgangstür verständigte sie sich mit Omar.

Es wäre nicht klug, hier ihre Erkenntnisse auszuwerten.

Also gingen sie hinaus und blieben ein paar Meter in der Nähe des Eingangs stehen, allerdings mit Blickrichtung Straße.

„Sie ist hier, nicht wahr?", fragte Omar in gedämpften Ton. Kate vermied es zu nicken.

„Ja", sagte sie nur.

Da kam das Taxi und fuhr sie zurück nach Prag, zu der von Jasmin angegebenen Adresse, einer urigen, kleinen Kneipe mitten in der Altstadt.

Diese war gut gefüllt mit gemischtem Publikum, vorwiegend Touristen, deren ansehnlicher Alkoholspiegel weder zu übersehen noch zu überhören war.

Jasmin hatte einen kleinen Tisch in der Ecke belegt, angesichts der Tatsache, dass jeder andere Platz besetzt war und die Theke umlagert wurde, war anzunehmen, dass sie ein Stammgast war, auf dessen Befindlichkeit Rücksicht genommen wurde.

Als sie Kate und Omar sah, hob sie die Hand.

„Und?", fragte sie aufgeregt, nachdem ein beflissener Kellner die Bestellung aufgenommen hatte.

„Natürlich haben sie geleugnet, dass Judith dort arbeitet, aber dieser Personalmanager hat sich mit seiner Körpersprache verraten."

„Und nun?"

Es war Jasmin anzumerken, dass sie unruhig wurde. Scheinbar machte sie sich wirklich ernsthafte Sorgen um Judith.

Der Kellner brachte ein großes Bier für Jasmin, Mineralwasser für Kate und Cola für Omar. Jasmin prostete den beiden zu.

„Mein Gott, das ist ja wie zu einem Antialkoholiker-Selbsthilfetreff", murmelte sie kopfschüttelnd und setzte ihr halb geleertes Glas ab.

Dann sah sie Kate an. „Wie gehen wir vor?"

Diese holte erst einmal Luft.

„Ich werde nachher gleich Steven anrufen und auch Holger und Marco auf Habermann und Kolbe ansetzen. Wenn sie etwas mit dieser Forschungseinrichtung zu tun haben und davon bin ich überzeugt, dann sind sie jetzt aufgeschreckt. Irgendetwas wird passieren."

„Dann mach das", drängte Jasmin und Kate nickte.

Sie ging hinaus, um vor der Tür die notwendigen Telefonate zu führen.

In der Altstadt waren um diese Zeit viele Menschen unterwegs und sie hatte zu tun, ein einigermaßen stilles Plätzchen zu ergattern, um ungestört zu telefonieren.

Als sie zurück in die Kneipe kam, trank Jasmin bereits ein weiteres Bier und lachte herzhaft mit Omar. Dieser hatte ihre Hand ergriffen und streichelte sie etwas.

Also hatte Abby doch Recht, zwischen den beiden schien es zu funken.

Der angesehene Pathologe und die ehemalige Domina, wenn das kein Stoff für einen Kitschroman war.

Kate musste sich ein Grinsen verkneifen, als sie wieder Platz nahm.

„Alles erledigt", sagte sie nur und ergriff die Speisekarte.

„Also, Salat findest du hier nicht, vielleicht ein einsames Blättchen unter dem Gulasch", warnte Jasmin sie vor, worauf sie einen ungläubigen Blick erntet.

„Glaubst du, ich esse in Prag Salat? Ich will Gulasch und Knödel", stellte Kate unter Beifall von Jasmin fest.

Es war kurz vor Mitternacht, als die drei die Kneipe verließen. Jasmin hatte sich bei Omar und Kate eingehängt, was auch besser war, denn ihr Gang war mehr als unsicher.

„So einen schönen Abend habe ich schon lange nicht erlebt."

Zumindest ihre Sprache war noch klar und deutlich.

„Wo steht denn nun dein Auto?", fragte Omar schon das zweite Mal, was Jasmin mit einer vagen Richtungsangabe kommentierte.

„Wir werden es schon finden", sagte Kate ergeben. „Im Notfall nehmen wir uns ein Taxi und holen es morgen früh."

Sie waren bereits in die dritte Nebenstraße abgebogen und Kate wusste endgültig nicht mehr, wo sie sich befanden.

Jetzt trafen sie nur noch wenige Nachtschwärmer, die meisten in keinem besseren Zustand als Jasmin, die jetzt zu singen begann.

Omar deutete nach rechts. „Versuchen wir es mal dort, das scheint zumindest eine etwas breitere Gasse zu sein."

Er ging an der Hauswand entlang, Jasmin in der Mitte und Kate an der Straßenseite. Hier war es etwas heller und weiter vorn schien die Gasse eine belebtere Straße zu kreuzen.

Ein dunkler SUV fuhr an ihnen vorbei, aber Kate war abgelenkt, da Jasmin stolperte.

„In den Schuhen kann ich nicht laufen", sagte diese und zog ihre hochhackigen Sandaletten, gestützte auf

Omar, langsam aus.

Sie standen an einer schmalen Hauszufahrt. An dem hohen, massiv wirkenden, zweiflügligen Holztor konnte sich Omar etwas an dem Bronzegriff festhalten, um sein Gleichgewicht zu halten.

Kate verdrehte die Augen. Dann sah sie, dass der SUV am Ende der Gasse umkehrte, langsam zurückfuhr und schließlich stehen blieb.

Sicher ein Anwohner, aber trotzdem, irgendetwas erregte Kates Argwohn.

Ihr Körper spannte sich unwillkürlich an, als der Wagen aufblendete und mit aufheulendem Motor auf sie zuraste.

Reflexartig warf sich Kate auf Jasmin, die heftig gegen Omar prallte. Dessen nicht unerhebliches Körpergewicht flog seinerseits gegen das Tor. Die eine Seite des Tores schwang nach innen auf und mit einem Aufschrei stürzten er und Jasmin ins Innere und einige Stufen in die Tiefe.

Kate hatte ihren Fall stoppen können und presste sich fest an die verschlossene Seite.

Der SUV raste haarscharf an ihr vorbei und mit quietschenden Reifen um die Ecke in die Nacht.

Sie holte tief Luft und rannte dann zur offenen Seite des Tores, als ihr Omar bereits entgegenkam.

Er hielt sich den linken Arm, sein Anzug war dreckverschmiert und sein Gesicht zeigte einige Blessuren.

Lauthals schimpfend kam jetzt auch Jasmin, sie blutete im Gesicht und aus der Nase.

„Bist du komplett verrückt geworden?", schrie sie

Kate an, aber Omar nahm sie sanft am Arm.

„Sie hat uns das Leben gerettet, dieser Irre hätte uns überfahren", sagte er leise und es schien, als sei Jasmin jetzt komplett nüchtern.

„Was?", stammelte sie und sah Kate an, die nickte.

„Ja, das sollte uns erwischen und beinahe hätte es auch geklappt."

Omar sah Jasmin an und dann Kate.

„Sie muss in ein Krankenhaus, das da ist eine Platzwunde, die sicher genäht werden muss."

Dann sah er an sich herunter.

„Und ich glaube, ich habe mir den Arm gebrochen."

Inspektor Karel Wodla erinnerte Kate an einen Basset, einen traurigen Basset, ergänzte sie in Gedanken. Er saß hinter einem sehr minimalistischen Schreibtisch und sah auf die drei Personen vor ihm.

Seine Wangen hingen schlaff herab, vom Schlafmangel ganz grau und die sanften, braunen Augen blickten traurig auf die ständig auf ihn einredende, hübsche junge Frau, deren Aussehen allerdings von mehreren Blutergüssen sowie einem Verband auf der Stirn etwas getrübt wurde.

Ihr Begleiter, der nicht weniger ramponiert aussah, trug den linken Arm in einer Schlinge und schwieg die ganze Zeit.

Dann glitt sein Blick zu der anderen, unverletzten Frau, deren Körperhaltung keine Anspannung, aber volle Konzentration ausdrückte.

Wenn er alles richtig verstanden hatte, war sie eine ehemalige FBI Agentin.

Sein Deutsch und auch sein Englisch waren nicht besonders gut, aber die junge Frau sprach ein fast akzentfreies Tschechisch, was sie allerdings in epischer Breite nutzte.

Schließlich war es die FBI Agentin, die der Sache ein Ende bereitete.

„Jasmin, jetzt lass uns doch einmal chronologisch erzählen was genau passiert ist. Ich werde es jetzt übernehmen und du übersetzt Wort für Wort, ohne eigene Ausschmückungen, klar?"

Schnaubend ließ sich Jasmin in dem unbequemen Sessel zurückfallen und nickte schließlich.

Und so kam Inspektor Wodla in den Genuss, einen kurzen und sachlichen Ablauf der Ereignisse in wenigen Minuten zu erhalten.

Er seufzte laut und vernehmlich.

„Leider halten sich nicht alle daran, nach Alkoholgenuss auf das Fahren zu verzichten. Wir hatten in den letzten Jahren des Öfteren ähnliche Vorfälle, leider."

Jasmin wollte ihm eine heftige Erwiderung entgegenschleudern, aber als sie Kates Blick auf sich spürte, übersetzte sie zähneknirschend das Gesagte.

„Herr Inspektor, das war kein Betrunkener, das war ein gezielter Anschlag."

Karel Wodla hörte Kates geduldige Stimme und Jasmins zunehmend gereizte Übersetzung.

„Sie wollen andeuten, dass das Forschungsinstitut MOGEL etwas damit zu tun hat?"

Langsam dämmerte ihm der Umfang dieser ganzen Geschichte. Aber sie war zu absurd und vor allen Dingen, damit musste er seinen Vorgesetzten oder dem Polizeipräsidenten gar nicht kommen.

Eine solche renommierte Forschungseinrichtung, inklusive Klinik, brachte nicht nur eine Menge an Steuergeldern, sondern auch Privatpatienten, die sich in Prag als kaufkräftige Kunden erwiesen hatten.

Nein, auch wenn die Kollegin beim FBI gewesen war, hier ging gewiss ihre Fantasie mit ihr durch.

Entführung einer Wissenschaftlerin und ein Anschlag und das alles ohne einen jeglichen Beweis.

Kate bemerkte sein Zögern und deutet es richtig.

Langsam erhob sie sich und sah Jasmin und Omar an.

„Gehen wir", sagte sie knapp.

„Was?" Jasmin schien ihren Ohren nicht zu trauen.

Kate nickte. „Ja, kommt jetzt."

Omar erhob sich prompt, bei ihm wirkten noch die relativ starken Schmerzmedikamente nach und er war froh, bald in ein Bett zu kommen.

Glücklicherweise hatte sich die befürchtete Fraktur als eine starke Prellung herausgestellt, aber es war nicht nur schmerzhaft. Er würde den Arm einige Zeit nicht voll einsetzen können.

Jasmin schien seinen Zustand zu bemerken und gab nach.

Inspektor Wodla schien außerordentlich erleichtert über diese Entscheidung, beflissen bestellte er ihnen ein Taxi, begleitete sie zur Tür und versicherte ihnen, dass man alles tun werde, um den Fahrer des SUV zu ermitteln.

Als sie in die Nacht hinaustraten, machte Jasmin ihrem Unmut Luft.

„Warum hast du klein beigegeben? Der Kerl hat uns doch nicht ernstgenommen. Wir hätten ihm klar machen müssen…"

„Jetzt hör mir einmal zu", unterbrach Kate sie harsch. „Ich kann ihn verstehen. Da kreuzen hier drei Leute auf, noch dazu Ausländer und erzählen eine hanebüchene Geschichte von einer entführten Wissenschaftlerin, die offiziell nicht einmal als vermisst gilt, beschuldigen ein angesehenes Institut, sie gekidnappt und zur Krönung noch Killer auf uns gehetzt zu haben. Würdest du das glauben?"

139

Jasmin holte tief Luft und stieß sie langsam wieder aus.

„Na also", bemerkte Kate und hob die Hand, um den Taxifahrer auf sich aufmerksam zu machen.

Nachdem sie Omar zu Bett gebracht hatten, er konnte sich wirklich kaum noch auf den Beinen halten, setzten sie sich in Jasmins Wohnzimmer, um die nächsten Schritte zu planen.

Immerhin schien sich Jasmin wieder etwas beruhigt zu haben, denn sie hatte Kaffee gekocht und nippte jetzt an ihrem dampfenden Becher.

Noch ehe sie etwas sagen konnte, klingelte Kates iPhone.

Diese hörte gespannt zu.

„Gut, Holger soll an Kolbe dranbleiben. Gute Nacht", sagte sie. Dann lehnte sie sich zurück und nahm ebenfalls einen Schluck von dem Kaffee.

„Das war Marcus. Es kommt Bewegung in die Sache. Habermann ist zum Flughafen gefahren und hat sich nach Prag eingecheckt. Ich glaube kaum, dass er einen Urlaub plant."

Jasmin starrte sie an.

„Ja und? Wann landet er? Wollen wir uns nicht an ihn ranhängen?"

Kate verdrehte die Augen.

Typisch Jasmin, am besten gleich mit dem Kopf durch die Wand. Geduld zählte wirklich nicht zu ihren Stärken.

„Warum sollten wir? Wir wissen, wo Habermann hinwill. Er würde uns, selbst wenn wir ihn damit konfrontieren, nichts sagen. Nein, unsere einzige Chance ist Maximilian Kolbe."

Obwohl Jasmin Kates Gedankengänge nicht nachvollziehen konnte, hielt sie es erst einmal für ratsam nichts dazu zu sagen.

Sie ahnte, dass Kate mit ihrer spontanen Art einige Probleme hatte, genauso wie sie selbst Kates abgeklärte, ja unterkühlte Art teilweise zur Raserei bringen konnte. Aber vielleicht war es gerade das, was sie so gut ergänzte? Das hatte sie auf dem Jakobsweg gesehen.

Während sie noch darüber nachdachte, erhob sich Kate und stellte ihren leeren Kaffeebecher an die Durchreiche zur Küche.

„Ich denke, wir sollten schlafen gehen und morgen schauen, was die Jungs erreicht haben, Steven ist auch dran, also?"

Sie schaute Jasmin an, die sich seufzend ebenfalls erhob.

„Ja, wahrscheinlich hast du Recht."

Kate legte ihre Hand auf Jasmins Schulter.

„Natürlich habe ich Recht. Ich weiß, dass du dir Sorgen um Judith machst, aber wir können heute Nacht nichts tun. Und du brauchst Ruhe, nimm es mir nicht übel, aber du siehst aus, als wenn du mit einem LKW frontal kollidiert wärst."

Jasmin lächelte. „Danke für das Kompliment! War nur ein Pathologe."

Aber die Situation hatte sich entspannt.

Gemeinsam stiegen sie in die obere Etage, in der sich die Schlaf- und Gästezimmer befanden.

Nochmals nach Omar zu sehen erübrigte sich, sein Schnarchen war bereits auf dem Treppenabsatz so deutlich zu hören, dass beide Frauen lachen mussten.

„Wenigstens einer schläft heute Nacht den Schlaf der Gerechten", sagte Jasmin und verdrehte leicht die Augen. „Es klingt, als wolle er den ganzen Böhmerwald absägen."

Als Kate am nächsten Morgen nach unten kam, hörte sie schon Omars sonore Stimme und Jasmins Lachen aus der großen Wohnküche. Die beiden schienen sich über irgendetwas köstlich zu amüsieren.

Der Frühstückstisch war üppig gedeckt und alle drei griffen beherzt zu, wobei Omar sie um Längen überholte.

Leicht gehandikapt durch seinen linken Arm, mussten Kate und Jasmin ihm behilflich sein beim beschmieren der Brötchen, was ihren ganzen Einsatz forderte.

Es war bereits gegen 11.00 Uhr, als sie sich, vollkommen gesättigt, ins Wohnzimmer zurückzogen.

Kate wollte gerade ihr Büro kontaktieren, als Holger Ahnert anrief.

„Kolbe packt sein Wohnmobil, irgendetwas hat ihn aufgescheucht."

„Bleib in der Leitung", sagte Kate und nahm einen zweiten Gesprächspartner, der bei ihr anklopfte, an.

„Hi, Steven hier. Kolbe hatte einen Anruf aus Prag."

„Danke." Kate schaltete zurück zu Holger. „Er ist auf dem Weg nach Prag. Könnten wir ihn abfangen?"

Eine Weile schwieg Holger. „Ich habe eine Idee, ich melde mich", sagte er schließlich und legte auf.

Das war typisch für den Ex-Elitesoldaten, keine großen Worte, das schätzte Kate sehr an ihm.

Sie lehnte sich zurück und sah Jasmin und Omar an. „So, jetzt heißt es warten."

Kapitel 10

Es war gegen 12.30 Uhr, als Holger erneut anrief.

„Kommt zur Autobahnraststätte Siřejovice, dort wird er anhalten müssen, weil sein Wohnmobil plötzlich zu qualmen beginnt. Ich denke, in zwei Stunden wird er dort eintreffen, euch bleibt also genügend Zeit."

Er legte auf und Kate, die auf mithören gestellt hatte, sah Jasmin und Omar an.

„Also dann", sagte sie und erhob sich.

Holger war ein Teufelskerl, sie war froh ihn im Team zu haben. Ganz gleich was war, er hatte immer eine gute Idee und konnte sie präzise umsetzen. Was am wichtigsten war, er behielt dabei die Nerven und ließ sich nie von Emotionen leiten. Das machte ihn umso wertvoller.

Marcus, ein ehemaliger Securitymitarbeiter einer großen IT-Firma, war etwas emotionaler und traf hin und wieder auch unorthodoxe Entscheidungen, was in gewissen Situationen vor Vorteil sein konnte, Kate aber manchmal beunruhigte. Marco funktionierte allerdings als absoluter Teamplayer, was sie von Holger nicht unbedingt behaupten konnte, er gab gern der „einsamen Wolf".

Jasmin und Omar waren startklar, während letzterer Kate etwas zweifelnd ansah.

„Gut, er wird auf dem Rastplatz gestoppt und weiter? Du kannst ihn ja schlecht als Geisel nehmen oder was hast du vor?"

Kate zuckte leicht mit den Schultern.

„Ihn weichkochen, was sonst? Keine Angst, wenn alles gut läuft, kommt niemand zu schaden und wir wissen endlich, was mit Judith Feiler ist."

Sie trat vor den beiden hinaus auf den Vorplatz des Hauses, wo sich inzwischen auch Jasmins Auto eingefunden hatte, dass sie von einem Bekannten aus der Prager Altstadt herfahren lassen hatte.

„Und wenn es schlecht läuft?", murmelte Omar, als er sich auf den Rücksitz des BMW fallen ließ.

Er erhielt keine Antwort.

Jasmin startete den Wagen und mit angemessener Geschwindigkeit fuhren sie Richtung Autobahn.

„Mist, Mist, Mist", murmelte Maximilian Kolbe, als
er im Rückspiegel eine immer stärker werdende
Rauchwolke sah, die vom Heck seines Wohnmobils
aufzusteigen schien.
Ein Skodafahrer, der ihn überholte, hupte und deute-
te auf seinen Auspuff.
„Ja, ich habe es auch gemerkt", sagte Maximilian
ärgerlich und sah auf das vor ihm auftauchende
Hinweiszeichen. In ein paar Metern war die Zufahrt
zum Rastplatz Siřejovice angezeigt. Er würde hier
erst einmal halten müssen.
Über die Freisprechanlage wählte er eine Nummer.
„Ja", meldete sich der Teilnehmer knapp.
„Ich habe eine Panne, ich muss auf dem Autobahn-
rastplatz nachschauen."
Eine Weile war Stille, Maximilian fürchtete schon, der
Teilnehmer hätte aufgelegt, aber dann hörte er ein
Räuspern.
„Gut, schauen sie nach und geben sie mir umgehend
Nachricht. Umgehend, verstanden?"
Aufgelegt.
Maximilian Kolbe setzte den Blinker und fuhr auf
einen der eingezeichneten Parkplätze für Wohnmobi-
le. Er sah nicht, dass ein BMW in unmittelbarer
Reichweite auf einem eigentlich nur Wohnmobilen
vorbehaltenen Parkplatz stand.
Er stieg aus, ging um sein Mobil herum und öffnete
die Türe. Dort war kein Rauch zu sehen.
In diesem Moment bremste neben ihm ein SUV, ein
Mann sprang heraus und kam geradewegs auf ihn

zu.

Blitzschnell wurde ihm klar, dass er in eine Falle getappt war, aber es war zu spät.

Der Mann drängte ihn mit einem „Los, rein" in sein Wohnmobil.

Mit zitternden Händen griff Maximilian an seine Tasche.

„Halt, ich will ihre Hände sehen", blaffte der Mann ihn an.

„Meine Brieftasche, ich wollte doch nur…"

„Das ist kein Raubüberfall, Herr Doktor Kolbe."

Verständnislos blinzelte er und sah die Frau, die in seinem Gesichtsfeld erschien.

„Frau Schulz?", fragte er erstaunt, als er in seinem Gegenüber die Frau erkannte, die sich nach dem Verbleib von Judith Feiler bei ihm erkundigt hatte.

Spontan brach ihm der Schweiß aus.

Kein Raubüberfall, das hier war viel, viel schlimmer.

Kate stieg in das Wohnmobil und winkte Jasmin heran.

Dann sagte sie zu Holger. „Danke, bleib draußen, aber halte dich bereit."

Stumm nickend deutete sie auf die beiden Autos.

Holger verstand, um nicht weiter aufzufallen, sollten sie von diesen Parkplätzen besser verschwinden.

Kate setzte sich Maximilian Kolbe gegenüber, während sich Jasmin neben ihn setzte.

Durch den schmalen, festverankerten Tisch hatte er so keine Möglichkeit mehr herauszukommen, außer er würde Gewalt anwenden, was Kate nicht vermutete.

„So, Herr Doktor Kolbe, jetzt wird es Zeit für die Wahrheit. Wir wissen inzwischen von MOGEL, das wahrgewordene Projekt Golem. Und bitte ohne irgendwelche Ausflüchte, wo ist Judith Feiler?"

Sie sah die Schweißperlen auf dem Gesicht ihres Gegenübers und seinen verzweifelten Versuch, möglichst locker zu bleiben.

„Ich weiß nicht was sie wollen."

Er zuckte zusammen, als Kate mit der flachen Hand auf den Tisch schlug. „Meine Geduld ist begrenzt, Herr Kolbe."

Ihre Stimme war kühl, geradezu emotionslos. Sie sah an seinen Augenbewegungen, dass ihm das Angst machte, aber etwas schien ihm noch größere Angst zu machen.

„Das ist Freiheitsberaubung, das hat Folgen für sie, Frau Schulz."

Jasmin rückte näher an ihn heran. Er schien sie erst jetzt richtig zu realisieren und starrte in ihr lädiertes Gesicht mit den, in allen Farben schillernden, Prellungen.

„Was haben sie denn gemacht?", fragte er, scheinbar um sich von seiner eigenen Situation emotional etwas zu distanzieren.

Sie lächelte, aber es war eher ein Haifischlächeln, wie Kate beeindruckt registrierte.

„Oh, nur ein kleiner Unfall, das kommt manchmal vor, aber meistens sind es meine." Sie zögerte kurz. „Meine Kunden, die so oder ähnlich aussehen. Sie müssen wissen, ich bin eine Virtuosin des Schmerzes."

Kate musste sich beherrschen, um nicht zu lachen, als sie Maximilians Miene sah. Unwillkürlich bewunderte sie Jasmins Improvisationstalent.

„Das ist ja unglaublich", flüsterte er so leise, dass man es kaum verstehen konnte.

Kate lehnte sich zurück. „Doktor Kolbe, sagen sie uns jetzt lieber freiwillig die Wahrheit."

„Und sonst, wollen sie mich foltern?"

Er versuchte locker zu sein, was ihm misslang. Er warf einen Seitenblick auf Jasmin. Scheinbar hielt er sie für eine durchgeknallte Geheimagentin oder etwas Ähnliches. Wäre die Angelegenheit nicht so ernst gewesen, Kate hätte losgelacht.

Stattdessen hob sie ihr iPhone. „Aber nein, Herr Doktor Kolbe. Ich werde jetzt die tschechische Polizei rufen, wir haben inzwischen genug Beweise, dass diese gegen MOGEL vorgehen oder glauben sie allen Ernstes wir bluffen hier?"

Was sie taten, aber das schien Maximilian Kolbe in seiner Aufregung nicht wahrzunehmen.

„Vor was oder wem haben sie Angst?" Ihre Stimme war ruhig und mitfühlend. Sie bemerkte aus dem Augenwinkel, wie Jasmin ihr einen erstaunten Blick zuwarf.

Kolbe senkte den Kopf. „Wenn ich nicht innerhalb weniger Minuten anrufe und die haben nur den Hauch eines Verdachtes, dann bin nicht nur ich, sondern auch sie und alle Leute da draußen dem sicheren Tod ausgeliefert."

Jasmin starrte ihn an und brach dann in Gelächter aus.

„Oho, eine Massenvernichtung, so etwas hatten wir hier noch nicht."

Ihr Sarkasmus schien ihn nicht zu beeindrucken.

„Er hat wirklich panische Angst", dachte Kate und sah, wie er immer nur sie ansah, als appelliere er an ihren Verstand und an ihr Mitgefühl.

Jasmin wurde es zu viel. Ganz gleich was dieser Verrückte dachte oder nicht dachte, es ging ihr einzig und allein um Judith.

„So, Doc, jetzt ist Schluss mit lustig. Wo ist meine Freundin Judith? Und bitte eine kurze klare Antwort oder sie werden es bereuen."

Sie hatte ihre Hand auf die seine gelegt, ganz zart, als sich plötzlich ihre Fingernägel tief in sein Handgelenk gruben.

Er erstarrte und versuchte, erfolglos, die Hand weg-
zuziehen.

„Sie tun mir weh", sagte er und Jasmin lachte leise
auf. „Das ist erst der Anfang, also?"

Kate wollte gerade eingreifen, als er sagte.

„Sie arbeitet bei MOGEL, zwar nicht freiwillig, aber
es geht ihr den Umständen entsprechend gut."

Jasmin zog ihre Hand zurück.

„Na bitte, geht doch", murmelte sie und lehnte sich
entspannt zurück.

„Sie haben sie entführt", stellte Kate fest und er nickte zögerlich. „Ja, aber weil ich musste. Und jetzt bitte,
lassen sie mich anrufen."

Flehentlich sah er sie an.

Als Kate nicht reagierte, krempelte er den Arm seines
Hemdes nach hinten. „Hier, fühlen sie."

Er wies auf eine kleine Erhebung an der Innenseite
seines Oberarmes.

„Was ist das?", fragte Kate, ohne seiner Bitte nachzukommen.

„Ein Implantat, ein Biovektor. Er kann mit einem
Code freigesetzt werden."

Kate starrte noch immer auf diese Erhebung.

„Ja und, was passiert dann?"

„Er setzt einen multiresistenten Erreger frei."

Jasmin schüttelte den Kopf. „Mann, sie sollten sich
wirklich einmal in psychiatrische Behandlung begeben. Ihnen geht es ja wie diesem Typ in *A Beautiful
Mind*."

Kate wusste, wen Jasmin meinte.

Sie hatte die Verfilmung der wahren Geschichte um den Mathematiker John Forbes Nash gesehen. Er hatte auch geglaubt ein Implantat eingesetzt bekommen zu haben.

Was, wenn Doktor Kolbe ebenfalls an einer Psychose litt? Das würde seine Ängste erklären.

Aber MOGEL war real, genauso real wie der Anschlag gestern auf sie.

„Gut, und welcher multiresistente Erreger soll das sein?"

„Ein weiterentwickelter, resistenter Stamm des Erregers pestis bubonica, gegen den es keine herkömmliche Antibiotikatherapie gibt."

Als er Kates verständnislose Miene sah, krempelte er langsam den Ärmel seines Hemdes wieder nach unten und lehnte sich zurück.

Es schien, als habe er ein unabänderliches Schicksal akzeptiert.

„Und was ist es nun für ein Erreger? Bitte verständlich, Herr Doktor", fragte Kate ungeduldig.

Er hob den Blick und sah sie traurig an.

„Die Beulenpest."

„Sag mir bitte, dass der Typ zu viel Dan Brown gelesen hat."

Kate ging neben Omar über den Parkplatz und sah ihn geradezu flehentlich an.

Jasmin saß mit Maximilian Kolbe im Wohnmobil, vor der geöffneten Tür stand Holger und ließ die beiden nicht aus den Augen.

„Ich hoffe es auch, aber was er sagt, wäre theoretisch möglich und das macht mir Angst."

Kate starrte Omar an. „Das ist dein Ernst, nicht wahr?"

Der nickte.

„Wie ich schon sagte, es wäre theoretisch möglich, aber ich kann mir nicht vorstellen, dass jemand so wahnsinnig sein sollte. Es sind alles Mediziner, Forscher, ich kann und will es nicht glauben."

„Aber es wäre möglich?" Kate ließ nicht locker.

Es machte ihr Angst, etwas losgetreten zu haben, was sie plötzlich nicht mehr beherrschen konnte.

„Was könnte passieren?"

Omar blieb vor dem Wohnmobil stehen und schaute sie an.

„Das wir alle konterminiert werden und nicht nur wir. Ein genetisch veränderter Bakterienstamm von pestis bubonica könnte eine Epidemie globalen Ausmaßes annehmen."

Kate erinnerte sich plötzlich an die Apokalypse, die Offenbarung des Johannes, die ihr schon im Religionsunterricht einen Schauer über den Rücken gejagt hatte. Standen sie jetzt und hier kurz davor?

Unwirsch schüttelte sie den Kopf.

Es musste eine Lösung geben und sie war froh, Omar an ihrer Seite zu haben.

Dieser setzte gerade seinen Fuß auf die Eingangstreppe zum Wohnmobil, als Kate jemand über den Parkplatz kommen sah, mit dem sie hier nicht gerechnet hatte.

Hauptkommissar Mike Köhler kam mit langen Schritten auf das Wohnmobil zu.

Kurz zuvor bremste er seinen Schritt ab und starrte Kate an.

„Was tut ihr hier?", fragte er kurz angebunden.

Kates Körpersprache war entspannt wie immer, sie selbst war es nicht. Wie kam Mike hier her? Wer hatte ihn informiert?

Als er keine Antwort erhielt, kam er noch einen Schritt näher, aber Kate wich nicht zurück.

„Bekomme ich eine Antwort?" Seine Stimme war leise, aber scharf.

„Und wie kommst du hier her?"

Wenn ihn Kates scheinbare Coolness ärgerte, zeigte er es nicht.

„Inspektor Wodla hat mich informiert, dass ihr gestern eine Straftat zur Anzeige gebracht habt. Er war beunruhigt über die Anschuldigungen, die ihr vorgebracht habt und wollte wissen." Er verstummt kurz.

„Ob wir drei Verrückte sind?"

Kate sah ihn aufmerksam an und bemerkte ein Zucken in seinen Mundwinkeln.

„So hat er es nicht ausgedrückt, aber es würde es treffen."

Sie sah Mike intensiv an.

„Wie habt ihr euch verständigt? Er spricht doch kein Deutsch."

Mike Köhler zuckte leicht die Schultern.

„Etwas Deutsch spricht er schon, aber um deine Frage zu beantworten, auf Tschechisch, wieso?"

Er genoss es, Kates erstaunte Miene zu sehen.

„Ja, ich spreche Tschechisch, ich habe einige Lehrgänge in Prag absolviert, im Rahmen der länderübergreifenden polizeilichen Zusammenarbeit. Aber genug davon. Noch einmal meine Frage, was macht ihr hier?"

Kate gab sich geschlagen und deutet auf das Wohnmobil. „Maximilian Kolbe ist da drin."

Mike schüttelte den Kopf.

„Bist du wahnsinnig? Ihr haltet ihn hier gefangen und befragt ihn? Auf tschechischem Gebiet?"

In diesem Moment war Jasmin neben sie getreten.

Kate schreckte hoch. „Wo ist Omar?"

Irgendwie hatte sie den Überblick verloren.

Jasmin deutete mit dem Daumen zum Wohnmobil.

„Er spricht mit ihm", sagte sie. „Und er hat ihn telefonieren lassen, um diese Verrückten zu beruhigen."

Dann schüttelte sie den Kopf.

„Scheinbar glaubt Omar ihm diese abgedrehte Story."

Jetzt schien sie auch die Anwesenheit von Mike zu registrieren und schaute erst ihn, dann Kate an.

„Wie kommt der denn hier her?"

Kate sah zu Mike.

„Ja, interessieren würde mich das auch mal."

Mike hatte sein Smartphone aus der Tasche gezogen.

„Ich rufe jetzt Karel Wodla an, bevor diese Situation eskaliert."

Er warf Kate einen kurzen Blick zu.

„Ach so und um deine Frage zu beantworten, ich habe auf dem Weg hier her Steven angerufen und ihm gesagt, ich brauchte dringend deine Position, um dir etwas zu bringen."

Er zuckte die Schultern und ging ein paar Schritte zur Seite, um zu telefonieren.

Inspektor Karel Wodla war schneller vor Ort als erwartet und sein trauriges Bassetgesicht wirkte noch bekümmerte als gestern.

Scheinbar hatte ihm Mike am Telefon das grundlegende Problem geschildert.

Er unterhielt sich als Erstes mit Omar, dessen Aussage Jasmin übersetzte.

Sie standen auf dem Parkplatz, der glücklicherweise in diesem Bereich noch leer war.

Holger war in das Wohnmobil gestiegen, um Maximilian Kolbe zu bewachen.

„Welche Meinung haben sie, Professor?"

Omar war anzusehen, wie stark ihn das Gespräch belastet hatte.

„Wenn alles so stimmen sollte, dann ist das hier ein wahr gewordener Albtraum. Der Kopf hinter der ganzen Sache ist Professor Habermann, auch wenn er offiziell nie auftritt. Offizieller Leiter der Forschungseinrichtung ist ein Professor Havlic, eine ziemlich farblose Gestalt, die selten einer der Mitarbeiter zu Gesicht bekommt. Die Fruchtbarkeitsklinik ist nur ein offizielles Deckmäntelchen, dahinter steckt eine Babydesignerklinik."

Inspektor Wodla legte sein Gesicht noch mehr in Falten, was Kate fasziniert verfolgte.

„Aber wie haben sie seriöse Wissenschaftler für solche Dinge gewinnen können?"

Man spürte noch immer seine Skepsis.

Mike, der neben ihm stand, konnte es verstehen.

Wenn man Kate, Omar und die anderen anwesenden

nicht kannte, musste man wirklich vermuten in einer Art schizophrenem Paralleluniversum gefangen zu sein.

Omar ließ sich nicht aus der Ruhe bringen.

„Kennen sie das Milgram Experiment?"

Wodla nickte.

„Genauso funktionierte es bei den meisten. Habermann suchte gezielt nach Wissenschaftlern, die forschen wollten, aber oft Enttäuschungen erlitten hatten, keine Fördermittel, keine Beteiligung an Projekten und so weiter. Er gab ihnen alles, was sie wollten und wenn sie irgendwann ethische Bedenken äußerten, dann beeinflusste sie Habermann mit seiner Autorität und schlichter Erpressung."

Jasmin schüttelte so heftig den Kopf, dass sich Haare aus ihrem fest geflochtenen Zopf lösten.

„Nein, Judith nicht, nie und nimmer. Sie hätte sich von keiner Autorität dieser Welt zu solchen Dingen hinreisen lasse."

Omar legte seine Hand auf ihren Arm.

„Nein, Habermann hatte ein zweites Ass im Ärmel, diese." Er malte mit den Fingern seiner rechten Hand Ausrufezeichen in die Luft. „Biovektoren. Sie wurden so renitenten Wissenschaftlern wie ihr und auch Maximilian Kolbe implantiert, um sie steuern zu können. Und dabei ging es nicht nur um ihr Leben, das sie vielleicht geopfert hätten, sondern um das Leben tausender Unschuldiger. Das nenne ich Gewissenkonflikt."

Er schüttelte, immer noch ungläubig, den Kopf.

Mike, der das Gehörte zu verdauen begann, sah Omar an.

„Glaubst du das wirklich, ich meine, das mit den Biovektoren?"

Dieser stieß geräuschvoll die Luft aus.

„Glauben? Ich hoffe es nicht und ich denke, es ist zu 90 % ein Fake, aber wissen, nein, wissen kann ich es nicht."

Inspektor Wodla schüttelte den Kopf.

„Wenn ich jetzt einen Großeinsatz lostrete mit Information an das Seuchenkontrollzentrum und allem drum und dran und es erweist sich als die Idee eines Verrückten."

Er brach ab, aber alle wussten, was er meinte.

Nicht nur seine Karriere wäre zu Ende, es wäre ein Skandal ungeheuren Ausmaßes, der auch die Regierung erschüttern würde.

Omar nickte ihm zu.

„Vielleicht gibt es eine Lösung. Sollten wir Habermann habhaft werden, könnten wir ihn vielleicht überzeugen, aufzugeben, sich den Behörden freiwillig zu stellen, bevor das gesamte Institut und die Klinik in den Focus der Öffentlichkeit gerät."

„Wir gehen also davon aus, dass die Biovektoren ein Fake sind?", fragte Kate, die verstand, worauf Omar hinauswollte. Dieser nickte.

Als Mike protestieren wollte, winkte er ab.

„Im Worstcase-Szenario löst dieser Wahnsinnig so und so die Vektoren aus und das wars, da wird uns auch der Seuchenschutz nicht helfen können."

Obwohl es Kate einen Schauer über den Rücken jagte, wandte sie sich betont ruhig an Omar.

„Was schlägst du vor?"

„Ich habe mit Kolbe gesprochen. Wenn wir mit seinem Wohnmobil erst einmal auf das Forschungsgelände gelangen, sind wir drin. Dann müssen wir improvisieren."

Mike hob die Hände. „Stopp, stopp, stopp. Ihr zwei wollte da rein?"

Jasmin, die Wodla alles übersetzt hatte, stockte ebenfalls der Atem.

Ehe aber auch er noch etwas sagen konnte, sah Kate ihn und Mike durchdringend an.

„Omar ist hier der Einzige, der die medizinische Situation einschätzen kann und ich bin immerhin ausgebildet in der Verhandlung mit Geiselnehmern. Also?"

Mike gab Wodla ein Zeichen und beide entfernten sich vom Fahrzeug.

Kate beobachtete die hitzige Diskussion, die allerdings von Minute zu Minute ruhiger wurde und schließlich mit einem einvernehmlichen Nicken endete.

„Sie sind spät dran."

Der Wachschutz vor dem Forschungsgelände von MOGEL sah Maximilian Kolbe durchdringend an, dann prüfte er akribig die Papiere.

„Ich hatte mich gemeldet, eine Autopanne. Ich musste auf ÚAMK warten."

Der Mann nickte kurz, dann umrundete er das Wohnmobil. Das er ein geschultertes Maschinengewehr trug, irritierte Maximilian Kolbe immer wieder und ließ ihm Schweißperlen auf die Stirn treten.

Er wischte sie mit dem Ärmel seines Hemdes ab und schaute in den Rückspiegel.

Der Wachschutz begutachtete gerade den Auspuff.

Dann trat er wieder an das Seitenfenster. „Und was war es?"

„Was war was?"

Maximilian Kolbe sah ihn irritiert an.

Dieser rollte die Augen. „Die Panne."

Kolbe zuckte die Schultern.

„Irgendwas am Vergaser, was weiß ich, ich bin Arzt, kein Automechaniker."

Er klang gereizt. So hatte er noch nie mit einem der Leute vom Security gesprochen, vor denen er, wie die meisten anderen Angestellten, Respekt, ja Angst hatten.

Auch sein Gegenüber schien diese Veränderung wahrzunehmen und runzelte leicht die Stirn. Er trat einen Schritt zurück und deutet auf die Türe des Wohnmobils.

„Aufmachen", befahl er schroff und Kolbe entriegelte

163

die Türe.

Er hörte, wie sie geöffnet und nach einer Weile geschlossen wurde.

„Gut, fahren sie rein. Sie sollen sich sofort bei ihrem Chef melden."

Der Wachmann öffnete das verstärkte Stahltor und winkte ihn durch.

Maximilian Kolbes Parkplatz lag unmittelbar vor dem Institut. Rundherum waren, wie auf dem gesamten Gelände und im Gebäude selbst, Überwachungskameras angebracht, die hochauflösbare Bilder an eine rund um die Uhr besetzte Sicherheitszentrale leitete.

Er stieg nicht aus, sondern kletterte über den Sitz nach hinten in das Wohnmobil. Dort klappte er erst das schmale Seitenbett hoch, aus dem sich Kate schnell erhob.

Dann zogen sie gemeinsam den Tisch und die Bank beiseite und öffneten einen Schrank.

Dort, völlig eingeklemmt, harrte Professor Doktor Omar Amri mit hochrotem Kopf und schmerzverzogener Miene aus.

Kate war ihm behilflich beim Heraussteigen, da er seinen linken Arm noch immer nicht einsetzen konnte.

„War das eng", seufzte er und versuchte erste einmal zu Luft zu kommen. Dann setzte er sich auf die inzwischen wieder zurechtgerückte Bank und sah Kolbe an. „Alles in Ordnung?"

Dieser nickte zögerlich.

„Habe ich eine Wahl?", fragte er leise.

„Nein."

Kates Worte fielen wie Eisregen auf ein Blumenbeet, so empfand es Maximilian Kolbe. Es hatte etwas Endgültiges, aber auch Unausweichliches.

Er hatte wirklich keine andere Wahl. Mit einem Nicken verließ er den Caravan.

„Glaubst du, dass er irgendjemand alarmiert?", fragte Omar, aber Kate schüttelte den Kopf.

„Nein, dazu ist er viel zu eingeschüchtert. Irgendwie tut er mir leid. Er muss unter einem unheimlichen Druck stehen."

Dann schwiegen sie, bis die Türe des Wohnmobils wieder geöffnet wurde und Maximilian Kolbe hereinkletterte. Er legte frisch verpackte, weiße Arztkittel auf den Tisch, sowie ein steriles Verbandsset, Pinzetten und ein Skalpell.

Dieses nahm Omar in die Hand, fixierte Kolbe mit seinen dunklen Augen und sagte schließlich: „Na, dann wollen wir mal."

Kapitel 10

Als sie das Institut betraten, wurde sich Kate bewusst, wie skurril sie wirken mussten.

Der einzig korrekt Gekleidete war Doktor Maximilian Kolbe.

Omar Amri ähnelte in dem Kittel, den Kolbe wohl willkürlich aus dem Vorrat ausgewählt hatte, einer Leberwurst in einer zu engen Pelle. Jeden Moment schien es, als reiße der Stoff, der sich über seinen breiten Rücken spannte.

Kate dagegen versank geradezu in einem zu weiten Kittel.

Hintereinander liefen sie über einen langen, schmucklosen Flur und waren sich der Überwachungskameras durchaus bewusst.

Es war ihnen klar, dass sie in dem Moment, als sie das Institut betraten, transparent waren und in ihrer Tarnung sehr schnell auffliegen würden.

Aber immerhin hatten sie einen minimalen Vorlauf. Kolbe deutete auf einen Lift. Mit diesem fuhren sie in die dritte Etage.

Dort empfing sie ein gediegenes, edles Ambiente mit einer Mischung als Edelhölzern und Stahl.

Hinter einem futuristisch anmutenden Tresen saß eine junge, sehr attraktive Blondine, die die Eintretenden skeptisch musterte. Ihr Blick schwenkte schließlich zu Maximilian Kolbe.

„Herr Professor Habermann erwartet sie schon seit einer geraumen Weile."

Ihre Stimme war fest und der Tonfall ausgesprochen vorwurfsvoll.

Dann schwenkte ihr Blick wieder zu Omar und Kate.

„Und diese Herrschaften?"

Omar trat etwas näher. „Professor Amri. Ich habe einen Termin mit Herrn Kollegen Habermann."

Er hörte das Klicken der Computertastatur.

„Bemühen sie sich nicht, der Termin steht sicher nicht in ihrem Planer. Ich habe ihn persönlich vereinbart."

Sein Auftreten verfehlte nicht die Wirkung.

Die Blondine nickte nur knapp.

„Dann werde ich sie Herrn Professor Habermann anvisieren. Und die Dame?"

Kate trat neben Omar, der ihr zärtlich den Arm um die Schulter legte.

„Meine Gattin, eine Kollegin."

„Lassen sie das Schmierentheater und kommen sie rein, alle."

Niemand hatte bemerkt, dass sich die Tür geöffnet hatte. Professor Habermann stand im Rahmen.

Er nickte der jungen Frau unwirsch zu, die aufgesprungen war.

„Setzen sie sich wieder hin, Cornelia. Und keine Security, ich regle das selbst."

Dann ging er zurück in den Raum.

Ohne zu zögern, folgten Kate und Omar. Maximilian Kolbe, der bisher wie versteinert dagestanden hatte, bewegte sich erst auf Omars drängende Geste hin in das Büro von Habermann.

Dieser hatte sich inzwischen hinter seinen wuchtigen Edelholzschreibtisch zurückgezogen.

„Tür zu", blaffte er Kolbe an, der der Aufforderung schnell nachkam.

Kate sah zu dem bodentiefen Fenster, das einen beeindruckenden Blick auf eine wunderbar gepflegte Parkanlage freigab.

Dann bemerkte sie Professor Habermann, der langsam hinter seinem Schreibtisch hervor geschlendert kam. In der linken Hand trug er einen schmalen, hellgrauen Gegenstand, der auf den ersten Blick einem Pointer ähnelte und relativ harmlos aussah. Allerdings ließ der Gegenstand, den er in der rechten Hand hielt, Kates Blutdruck etwas in die Höhe schnellen. Sie sah in die Mündung einer Browning.

Während Kate die Situation einzuschätzen suchte, war Omar einen Schritt näher an Habermann herangetreten, der jetzt den Lauf der Pistole von Kate auf ihn herumschwenken ließ.

„Bleiben sie stehen", fauchte er Omar an, der völlig unbeeindruckt schien, wie Kate erstaunt feststellte.

„Ach, machen sie sich doch nicht lächerlich, Habermann und legen sie das weg."

Er deutete auf beide Gegenstände, die Habermann in der Hand hielt und ließ sich dann, weiterhin die Ruhe selbst, in einen der schmalen Sessel fallen, was dieser mit einem bedenklichen Knirschen quittierte.

„Wo haben sie sich denn die Möbel andrehen lassen? Furchtbar", monierte der Pathologe und schüttelte betrübt den Kopf.

Sprachlos starrte Habermann ihn an. Wäre die Situation nicht so branntgefährlich gewesen, Kate hätte laut aufgelacht. War Omar wirklich so abgebrüht oder nur ein perfekter Schauspieler?

Dieser seufzte nochmals auf, dann winkte er Maximilian Kolbe heran, der wie paralysiert auf Habermann und die Pistole in dessen Hand starrte.

Der Pathologe schob Kolbes Ärmel des Kittels nach oben. Es wurde ein leicht blutdurchtränkter Verband sichtbar.

Habermann erblasste. „So, ihren Mitarbeiter müssen sie nicht mehr bedrohen, ihr Vektor." Hier hob Omar die Stimme, die mehr als sarkastisch klang, an.

„Ist raus."

Dann deutete er auf den Gegenstand in Habermanns

linker Hand.

„Das Ding können sie auch weglegen."

Dieser kam der Aufforderung nicht nach, sondern streckte es demonstrativ nach vorn, direkt auf Omar zu.

„Haben sie den Biovektor jetzt einstecken? Dann trifft es eben sie, Amri und ich kann nicht sagen, dass ich es bedauere."

Sein Gegenüber lehnte sich demonstrativ ruhig zurück.

„So und sie setzten ihr Leben auch mit aufs Spiel, einfach so?"

Seine Stimme tropfte weiterhin geradezu vor Sarkasmus.

Der Angesprochene zuckte die Achseln. „Was habe ich noch zu verlieren?"

Omar begann zu lachen, sein tiefes, gutmütiges Lachen, was Kate in ihrer derzeitigen Lage nicht gerade angebracht schien.

Verdammt, sie hatten vereinbart, dass, sollte die Situation irgendwie eskalieren, sie versuchen würde, Habermann zum Aufgeben zu überreden.

Aber sie hätte ahnen können, dass er sich nicht an solche Regeln halten würde.

Sie warf ihm einen warnenden Blick zu, der ihn in keiner Weise zu beeindrucken schien.

Im Gegenteil, er erhob sich und baute sich vor Habermann auf, ungeachtet der Tatsache, dass dieser noch immer seine Waffe auf ihn richtete.

„Jetzt hören sie doch auf, Habermann, ihre sogenannten Biovektoren ist ein Fake, damit konnten sie vielleicht ein paar ihrer Mitarbeiter unter Druck setzen, aber mich doch nicht. Sie sind nicht der großartig Wissenschaftler für den sie sich ausgeben, sie sind ein Scharlatan und mieser, kleiner Verbrecher. Sie lassen Menschen entführen und für ihre Zwecke missbrauchen, die manipulieren und erpressen Mitarbeiter, sie…"

„Omar, es reicht."

Kate war neben ihn getreten und versetzte ihm einen kleinen Schlag mit dem Ellenbogen.

Sie hatte Habermanns Miene beobachtet, die von erst maßlosem Erstaunen plötzlich in unverhohlenen Hass umgeschlagen war.

Wenn sie Omar weiterreden ließ, würde die Situation über kurz oder lang eskalieren.

Deshalb schob sie sich in Habermanns Blickfeld, der seine Augen noch immer auf Omar gerichtet hatte.

„Herr Professor Habermann."

Sie wählte bewusst seinen Titel. Langsam glitt sein Blick zu ihr, mit einem Ausdruck, als nehme er erst jetzt ihre Anwesenheit wahr.

„Lassen sie uns die Sache hier wie zivilisierte Menschen zu Ende bringen. Bisher haben sie niemand Schaden zugefügt."

Sie hörte Omars Schnauben, reagierte aber nicht darauf.

„Natürlich werden sie sich verantworten müssen, aber dabei geht es doch um rein zivilrechtliche Dinge und kein Kapitalverbrechen. Draußen steht ein Spezialeinsatzkommando in Bereitschaft. Es liegt jetzt in ihrer Hand, Herr Professor, ob es zum Äußersten kommen muss."

Ihre Stimme war ruhig und sie hatte, im Gegensatz zu Omar, einen respektvollen Körperabstand zu ihrem Gegenüber gewahrt.

Dieser hielt die Pistole noch immer fest in der Hand, so fest, dass die Fingerknöchel weiß hervortraten.

Kate sah auf diese kurze Distanz, dass die Waffe entsichert war.

Habermann brauchte also nur noch abzudrücken.

Das entspannte die Situation nicht gerade.

In diesem Moment löste sich Maximilian Kolbe aus seiner Erstarrung.

Ohne nur eine Sekunde zu zögern, trat er auf Habermann zu, der zurückwich, bis seine Oberschenkel seinen Schreibtisch berührten.

„Sie haben uns getäuscht? Diese Biovektoren hat es nie gegeben? Es war ein einfaches, steriles Glasröhrchen, dass sie uns unter die Haut implantiert haben? Und der Mann, der vor unseren Augen im Sicherheitsbereich an den Folgen gestorben ist?"

„Ein Schauspieler und der Rest war eine gute Maske und Choreografie", ließ sich Omar vernehmen.

Kate sah die beiden ratlos an.

„Was?", fragte sie.

„Herr Kolbe hat mir erzählte, wie der da." Er deutete auf Habermann. „Vor den Augen einiger sogenannter Vektorträger einen vermeintlichen Verräter in einem Sicherheitsraum durch Auslösung dessen Vektors mit pestis bubonica infiziert hatte. Er starb dann sehr wirkungsvoll. Es muss sehr echt gewirkt haben. Respekt."

Grinsend sah er Habermann an.

Dessen zunehmend gehetzter Blick glitt zwischen Maximilian Kolbe und Omar Amri hin und her.

Scheinbar war er sich nicht sicher, wer für ihn die größere Gefahr darstellte, eine Tatsache, die Kate jetzt sehr wohl einordnen konnte.

Aber noch ehe sie irgendwie agieren konnte, eskalierte die Situation.

Maximilian Kolbe ließ die Arme vorschnellen und packte Habermann am Kragen seines offen stehenden Kittels.

„Sie Schwein", stieß er hervor.

Habermann riss die Pistole hoch, ein Schuss löste sich, aber die Kugel flog an Kolbes Kopf vorbei und blieb in der massiven Holztür stecken.

In diesem Moment war Omar nach vorn gesprungen und Kate konnte nur noch registrieren, wie schnell dieser große und schwere Mann diese Bewegungen ausführte.

Im Sprung, ja, es war tatsächlich ein Sprung, dessen Landung ein kleines Erdbeben auszulösen schien, so heftig war die Erschütterung, riss er etwas aus seiner Kitteltasche und stieß es in Habermanns rechte Hand. Dieser schrie auf, die Pistole fiel zu Boden und eine Fontäne von Blut schoss aus der Hand des Verletzten und landete in Maximilian Kolbes Gesicht.

Kate warf sich so heftig gegen Habermann, dass dieser nach hinten kippte und auf seinem Schreibtisch zum Liegen kam.

Der Bildschirm seines PC schwankte und krachte schließlich zu Boden.

Kate hatte ihren eigenen Fall stoppen können und balancierte sich noch aus, als sie Omars ungläubigen Blick folgte.

Maximilian Kolbe hatte in dem ganzen Chaos die Pistole vom Boden aufgehoben und hielt sie jetzt, zitternd am ganzen Körper, auf Habermann gerichtet, der wie erstarrt auf dem Schreibtisch lag.

Von seiner Hand tropfte noch immer das Blut langsam, aber stetig, auf den mit hellen Teppichen ausgelegten Boden.

„Sie elendes Schwein", wiederholte Kolbe seine Worte von eben, jetzt allerdings mit einer Steigerung und der Unterstützung durch die Pistole.

Kate trat neben ihn, aber nicht zu dicht. Er sollte sich nicht bedroht fühlen.

„Ja, Doktor Kolbe, da haben sie Recht, er ist ein elendes Schwein und er wird seiner gerechten Strafe nicht entgehen, dafür werden wir sorgen. Nicht wahr, Omar?"

Dieser nickte und kam ebenfalls etwas näher heran.

„Dafür werde ich persönlich sorgen, dass dieser Name im Rahmen irgendeiner Forschung nie wieder genannt wird. Er ist eine Schande für unseren gesamten Berufsstand."

Während dieser Aussage zog Omar seinen Kittel aus, riss einen Streifen ab und deutete auf Habermanns Hand.

Ohne Kolbes Antwort abzuwarten, verband er mit schnellen Griffen, aber ohne sonderliches Mitgefühl, die Hand des Verletzten, was dieser ohne eine Regung duldete.

Das Kolbe dabei auch die Pistole auf ihn richtete, schien Omar nicht sonderlich zu stören.

Er warf einen schnellen Blick zu Kate, die verstand. Scheinbar zufrieden mit seinem Ergebnis trat er wieder zurück, wie zufällig genau auf Kolbes Fuß, der das Gleichgewicht verlor und nach hinten kippte, mitten in Kates Arme, die ihm, ohne Gegenwehr seinerseits, die Pistole aus der Hand nahm und hinten in ihren Hosenbund steckte.

Jetzt packte Omar Habermann vorn an dessen Kittel und zog ihn auf die Beine.

Ohne auf dessen Protest zu achten, drückte er ihn in einen der Sessel.

Kate ihrerseits dirigierte Kolbe, wenn auch deutlich sanfter als Omar, in einen anderen Sessel, in sicherem Abstand zu Habermann.

Verwundert drehte sie sich zur Tür um.

Bisher war keine Security aufgetaucht, dass erstaunte sie. Der Schuss und das anschließende Handgemenge mussten Habermanns Sekretärin, trotz der massiven Holztür, nicht entgangen sein.

Aber scheinbar hatte sie den Befehl ihres Vorgesetzen so ernst genommen, dass sie selbst dann nicht dagegen gehandelt hätte, wenn das Blut schon unter der Tür herausgeflossen wäre.

Einen derartig blinden Gehorsam konnte Kate nicht nachvollziehen.

Sie zog ihr iPhone aus der Tasche.

„So, dann will ich mal die Kavallerie in Gang setzen. Inspektor Wodla dürfte jetzt genügend in der Hand haben, diese Laden hier hochgehen zu lassen."

Nachdem sie Mike Köhler informiert hatte, der seinerseits Inspektor Wodla übersetzte, spürte sie den Blick von Habermann auf sich.

Als sie sich umdrehte, sah er sie an und schüttelte den Kopf.

„Sie sind wirklich hier hereingekommen, ohne dass ein Sondereinsatzkommando draußen stand?"
In diesem Moment konnte sich Kate ein Grinsen nicht verkneifen.

Eine Stunde später war alles vorbei.

Professor Habermann war in Handschellen aus dem Forschungsinstitut geführt worden, allerdings durch den Hinterausgang.

Inspektor Wodla wollte einen Skandal von ungeheurem Ausmaß, zumindest vorerst, vermeiden.

Der Ex-leitende Wissenschaftler von MOGEL wurde begleitet von einem Anwalt, der ihm immer wieder riet, zu allen Vorwürfen zu schweigen.

Habermann hatte sich vorher gegenüber Inspektor Wodla beklagt, von Doktor Kolbe mit der Pistole bedroht worden zu sein, ein Umstand, den weder Katherina Schulz noch Professor Omar Amri bestätigen konnten.

Maximilian Kolbe habe lediglich die Pistole vom Boden aufgehoben, nachdem es Professor Amri gelungen war, diese Habermann durch Einsatz eines Skalpells zu entwinden.

Deshalb würde man auch verschiedene Fingerabdrücke auf der Waffe finden.

Der Inspektor hörte sich schweigend die Übersetzung durch seinen deutschen Kollegen, Hauptkommissar Köhler, an und gab schließlich ein Zeichen, Habermann endlich abzuführen.

Ob er Kate und Omar diese Darstellung der Ereignisse glaubte, würden sie wohl nie erfahren.

Mike tat es mit Sicherheit nicht, das sah Kate am Aufblitzen seiner Augen.

Inzwischen waren dutzende Mitarbeiter unterschiedlichster Behörden informiert worden, es würde wohl

Wochen und Monate dauern, bis alle Verflechtungen dieses Institutes aufgeklärt waren.

„Zumindest ist die Sache mit dem Seuchenschutz erst einmal vom Tisch", sagte Omar, nachdem sie im großzügigen Foyer des Institutes saßen und die ständig kommenden und gehenden Beamten aller möglichen Institutionen beobachteten.

Inzwischen hatte sich auch Jasmin zu ihnen gesellt.

Diese war Omar heftig um den Hals gefallen, nachdem sie gehört hatte, in welcher Gefahr auch er sich befunden hatte.

Kate lächelte in sich hinein und fragte sich, welchen Kommentar Abby jetzt wohl zu dieser Szene abgegeben hätte.

Natürlich hatte Jasmin Weidner umgehend nach Judith suchen wollen, was ihr aus verständlichen Gründen verweigert worden war.

Wie immer ging dieses direkte Verbot ihr so gegen den Strich, dass sie mit jedem, den sie habhaft werden konnte, in epischer Breite diskutierte.

Kate versuchtes sie zu beruhigen, gab aber schließlich auf.

Mike Köhler hatte geradezu fluchtartig das Foyer verlassen und Inspektor Wodla war auf wundersame Weise ebenfalls unauffindbar.

Plötzlich stand Judith Feiler vor ihnen, hereingeführt von einer uniformierten Beamtin, die sich sofort wieder zurückzog.

Die junge Frau sah etwas blass und mitgenommen aus, sicher von den sich überstürzenden Ereignissen.

Sie und Jasmin umarmten sich spontan und es flossen auf beiden Seiten einige Tränen.
Von der jahrelangen Verstimmung der beiden war nichts mehr zu spüren.

Kapitel 10

Alle hatten sich in Kates Büro in Plauen eingefunden.
Sie nannte das am Ende eines gemeinsam gelösten
Falles eine „Manöverkritik".

Abby hatte wieder von Daniel Kaffee besorgt und
nahm, diesmal ohne eine ausdrückliche Aufforderung abzuwarten, mit am Besprechungstisch Platz.
Jasmin war erst in letzter Minute eingetroffen. Sie
hatte Judith Feiler besucht, die seit ein paar Tagen bei
ihrer Mutter in Plauen wohnte.

„Frau Feiler ist so glücklich sie wieder bei sich zu
haben, dass sie nicht einmal etwas gegen meine Anwesenheit hatte. Im Gegenteil, sie bedankte sich in
einem fort dafür, dass ich mit der Suche nach Judith
keine Minute nachgelassen habe."

Jasmin, heute in einem maigrünen Kostüm, hatte
gleich neben Omar Platz genommen, der sie mit einem Wangenkuss begrüßte.

„Judith wird noch ein paar Wochen ausruhen, was
verständlich ist, aber dann geht sie für einige Zeit
nach Indien und auf wundersame Weise hat auch
dagegen Frau Feiler nichts gesagt", ergänzte sie,
nachdem sie von Abby eine Tasse Kaffee entgegen-
genommen hatte.

Kate sah Mike Köhler an. Der Hauptkommissar hatte
einige der Befragungen gemeinsam mit Inspektor
Wodla durchgeführt und war so am besten von allen
Anwesenden involviert.

„Was hat Judith gesagt, wie Doktor Kolbe ihre Ent-

181

führung bewerkstelligt hat?"

„Das ist ja das skurrile, er hat sie nicht entführt."

Als alle ihn erstaunt ansahen, fuhr er fort.

„Kolbe hat ihr in Praia das Catedrais die Wahrheit erzählt und auch diesen Biovektor gezeigt und von Professor Habermanns Rolle in diesem Institut berichtet. Daraufhin ist sie freiwillig mit ihm mitgegangen. Sie wollte Habermann überzeugen, damit aufzuhören." Er brach kopfschüttelnd ab.

„Aber das ist typisch Judith. Sie glaubt immer und immer wieder an das Gute im Menschen, sogar bei diesem Monster", warf Judith ein.

„Ja und ist leider mitten in eine Falle getappt, Habermann muss sich fast totgelacht haben über so viel Naivität."

Jasmin warf Mike einen bösen Blick zu, als er das gesagt hatte.

„Trotzdem war sie so pfiffig und hat auf diesen Karten bestanden und sie hat die Botschaften eingefügt, das nenne ich clever", wandte Steven ein, der neben Abby saß, seinen allgegenwärtigen Laptop vor sich.

Kate wandte sich an Omar. „Was glaubst du, wie es mit dem Institut weitergehen wird?"

Dieser zuckte die Schultern. „Das wird eine Ethikkommission entscheiden, aber ich denke, das Institut wird geschlossen werden. Nach dem kurzen Einblick, den ich hatte, muss ich sagen, sie haben schon solide und innovative Forschung betrieben, aber ethisch mehr als bedenklich. Es ging, zumindest in einigen der Forschungsansätze, um die Bekämpfung von

Erbkrankheiten, aber vorrangig ging es darum, den perfekten Menschen zu erschaffen, das perfekte Designerbaby auf Bestellung."

Es war sehr still im Raum, jeder ließ die Worte auf sich wirken.

„Wie weit war Kolbe involviert? Er war ja in China und…" Kate brach ab.

Omar sah sie an. „Das ist ja die Crux, wenn Wissenschaftlern plötzlich alle Möglichkeiten offenstehen und es keine ethische Schranke mehr gibt."

Kate glitt ein Schauer über den Rücken, sie hatte Omars Blick richtig gedeutet.

Sie dachte an das, was er ihr an jenem Abend in Leipzig über ihren Großvater erzählt hatte.

Dann schob sie diesen Gedanken schnell beiseite.

„Aber er hat ja nicht freiwillig bei Habermann mitgemacht, er hatte ja auch so einen angeblichen Biovektor implantiert."

Mike sah Omar an, der langsam den Kopf hin und her wog.

„Anfangs sicher freiwillig, aber irgendwann ist ihm die ganze Ungeheuerlichkeit bewusst geworden und dann war es zu spät. Er wusste zu viel.

Habermann hatte nur zwei Möglichkeiten, ihn entweder beseitigen lassen oder gefügig zu machen. Da er mehr von ihm hatte, wenn er weiterlebte und vor allem weiterforschte, hate er sich für Letzteres entschieden."

Mike legte die Hände auf den Tisch und atmete tief ein.

„Sei wie es sei, an Wodlas Stelle möchte ich jetzt auch nicht sein, er hat in ein verdammtes Hornissennest gestoßen, es wäre ihm zu gönnen, wenn er heil aus der Sache herauskommt."

Kate erhob sich.

„Ich will euch allen noch einmal danken für den tollen Einsatz."

Dann sah sie Jasmin an. „Jasmin Weidner wird ab nächsten Monat mit bei uns einsteigen, als stellvertretende Geschäftsführerin."

Diese erhob sich leicht von ihrem Stuhl und lächelte in die Runde.

„Ich freue mich auf die gemeinsame Zusammenarbeit. Aber lasst mich eins klarstellen, Kate bleibt natürlich die Chefin", sagte sie und lächelte breit.

Leises Lachen war zu hören. Damit hatte sie klar gestellt, dass sich an der Organisationsstruktur nichts ändern würde.

Nachdem untereinander noch einige Worte gewechselt worden waren, verabschiedeten sich Omar und Jasmin als Erstes und gingen, gefolgt von Steven, hinaus.

Abby, Holger und Marcus besprachen noch im Vorraum den Einsatzplan der kommenden Woche.

Kate war an ihr Fenster getreten und schaute hinaus, als sie Mike bemerkte, der neben ihr stand.

Sie schwiegen eine Weile, dann trat er noch einen Schritt vor, direkt in ihr Blickfeld.

„Ein neues indisches Restaurant hat eröffnet und ich wollte dich fragen, ob ich dich für morgen Abend einladen darf."

Kate holte hörbar Luft und wandte sich dann etwas mehr um zu ihm. „Ist das ein Arbeitsessen oder ein Date?"

Sein Gesicht blieb ausdruckslos als er sagte: „Das überlasse ich dir."

Sie nickte langsam und sah ihm dann fest in die Augen.

„Ich würde ein Date bevorzugen."

Liebe Leser, danke, dass Sie Kate Schulz bis zum
Ende des zweiten Falles gefolgt sind.

Sind Sie neugierig, wie es weiter geht mit Kate
Schulz???
Bald ist es soweit:

Kate Schulz 3- Entführt-

Kate Schulz, ehemalige FBI Agentin, hat sich in ihrer
Heimatstadt Plauen fest etabliert.
Während sie langsam ihrem Familiengeheimnis etwas näher zu kommen scheint, treten die Eltern einer
entführten Zehnjährigen an sie heran.
Die Bedingung des Entführers: 500.000,00 Euro in
bar, keine Polizei und Kate Schulz muss das Geld
überbringen.
Kate bleiben genau 2 Minuten sich zu entscheiden.

Zur Autorin:

Annette G. Krupka wurde in Plauen geboren.
Sie besuchte hier die Schule, lernte Krankenschwester, studierte später Pflegemanagement, erwarb einen Masterabschluss und ist als freiberufliche Unternehmensberaterin tätig.
Heute lebt sie in einer Thüringer Kleinstadt und hat gerade ein Fachbuch zum Thema Pflege veröffentlicht.
Golem ist der zweite Teil der Katerina-Schulz-Reihe.
Weitere Folgen sind in Planung.

Lebensborn: Erster Fall für Katherina "Kate" Schulz

Warum wurde ihre Großmutter ermordet? Katherina "Kate" Schulz, Special Agent beim FBI in Atlanta erhält einen Anruf aus Deutschland von der dortigen Polizei. Kurzentschlossen fliegt sie nach Deutschland, in ihre Heimatstadt Plauen, die sie als 15- jährige, gemeinsam mit ihren Eltern, verließ. Der Mordfall an ihrer Großmutter erweist sich als rätselhaft, zumal es kein Motiv zu geben scheint. Für Kate gibt es plötzlich noch ein anderes Rätsel, das Rätsel über ihre Familie.